Theodor Storm

Im Schloß

Auf dem Staatshof

Theodor Storm: Im Schloß / Auf dem Staatshof

Im Schloß:
    Erstdruck in: Die Gartenlaube (Leipzig), 1862, Nr. 10–12.
Auf dem Staatshof:
    Erstdruck in: Argo. Album für Kunst und Literatur (Breslau), 4. Bd.,
    1859.

Neuausgabe mit einer Biographie des Autors
Herausgegeben von Karl-Maria Guth
Berlin 2016

Der Text dieser Ausgabe folgt:
Theodor Storm: Sämtliche Werke in vier Bänden. Herausgegeben von
Peter Goldammer, 4. Auflage, Berlin und Weimar: Aufbau, 1978.

Die Paginierung obiger Ausgaben wird hier als Marginalie zeilengenau
mitgeführt.

Umschlaggestaltung von Thomas Schultz-Overhage unter Verwendung
des Bildes: Pierre Auguste Renoir, Im Sommer, 1868

Gesetzt aus der Minion Pro, 11 pt

Verlag: Henricus - Edition Deutsche Klassik GmbH
Mörchinger Str. 33, 14169 Berlin, info@henricus-verlag.de
Druck: Libri Plureos GmbH, Friedensallee 273, 22763 Hamburg

Die Ausgaben der Sammlung Hofenberg basieren auf zuverlässigen
Textgrundlagen. Die Seitenkonkordanz zu anerkannten Studienausgaben
machen Hofenbergtexte auch in wissenschaftlichem Zusammenhang
zitierfähig.

ISBN 978-3-86199-765-8

Bibliografische Information der Deutschen Nationalbibliothek

Die Deutsche Nationalbibliothek verzeichnet diese Publikation in der
Deutschen Nationalbibliografie; detaillierte bibliografische Daten sind
im Internet über www.dnb.de abrufbar.

Im Schloß

Von der Dorfseite

Vom Kirchhof des Dorfes, ein Viertelstündchen hinauf durch den Tannenwald, dann lag es vor einem: zunächst der parkartige Garten, von alten ungeheueren Lindenalleen eingefaßt, an deren einer Seite der Weg vom Dorf vorbeiführte; dahinter das große steinerne Herrenhaus, das nach vorn hinaus mit den Flügelgebäuden einen geräumigen Hof umfaßte. Es war früher das Jagdschloß eines reichsgräflichen Geschlechts gewesen; die lebensgroßen Familienbilder bedeckten noch jetzt die Wände des im oberen Stock gelegenen Rittersaales, wo sie vor einem halben Jahrhundert beim Verkaufe des Gutes mit Bewilligung des neuen Eigentümers vorläufig hängen geblieben und seitdem, wie es schien, vergessen waren. Vor etwa zwanzig Jahren war das Gut, dessen wenig umfangreiche Ländereien zu den Baulichkeiten in keinem Verhältnis standen, in Besitz einer alten weißköpfigen Exzellenz, eines früheren Gesandten, gekommen. Er hatte zwei Kinder mitgebracht, ein blasses, etwa zehnjähriges Mädchen mit blauen Augen und glänzend schwarzen Haaren und einen noch sehr jungen kränklichen Knaben, welche beide der Obhut einer ältlichen Verwandten anvertraut waren. Später hatte sich noch ein alter Baron, ein Vetter des Gesandten, hinzugefunden, der einzige von der Schloßgesellschaft, der sich zuweilen unten im Dorfe blicken ließ und auch mit den Leuten im Felde mitunter einen kurzen Diskurs führte; denn im heißen Sommer oder an hellen Frühlingstagen pflegte er weit umherzuwandern, um allerhand Geziefer einzusammeln, das er dann in Schachteln und Gläsern mit nach Hause nahm. Selten einmal war auch das junge Fräulein bei ihm; sie trug dann wohl eine der leichteren Fanggerätschaften und ging eifrig redend an des Oheims Seite; aber um die Begegnenden kümmerte sie sich nicht weiter. Die kleine hagere Gestalt der alten Exzellenz hatte, außer beim sonntäglichen Gottesdienste in dem herrschaftlichen Kirchenstuhl, kaum jemand anders als vom Wege aus gesehen, wenn er in der breiten Lindenallee des Gartens auf und ab wandelte oder, stehenbleibend, das Moos auf dem Steige mit seinem Rohrstocke losstieß. Den scheuen Gruß der vorübergehenden Bauern pflegte er wohl mit einer leichten

Handbewegung zu erwidern; was er sonst mit ihnen zu schaffen hatte, wurde von dem Verwalter abgetan, dem die Bewirtschaftung des kleinen Gutes überlassen war.

Nach Jahren wurde diese Hausgenossenschaft noch durch einen Lehrer des kleinen Barons vermehrt. Die Leute im Dorf erinnerten sich seiner noch sehr wohl; er war aus der Umgegend und stammte auch von Bauern her. Man hatte ihn oft mit dem alten Baron gesehen, und das Fräulein, damals schon eine junge Dame, war mitunter auch in ihrer Gesellschaft gewesen. Man erzählte sich noch, wie er mit dem alten Herrn in den Tannen einen Dohnenstieg angelegt; aber das Fräulein sei meist schon vor ihnen dagewesen und habe die Drosseln, die sich lebendig in den Schlingen gefangen, heimlich wieder fliegen lassen. Einmal auch hatte der junge freundliche Herr den kleinen verkrüppelten Knaben auf dem Arm durch das Tannicht getragen; denn mit dem Rollstühlchen war auf dem schmalen Steige nicht fortzukommen gewesen, und das Kind hatte die gefangenen Vögel selbst aus den Dohnen nehmen können.

Bald aber war es wieder einsamer geworden; der arme Knabe war gestorben und der Hauslehrer fortgegangen. Schon früher hatte man im Dorfe von den Gutsnachbarn oder aus der Stadt drüben nur vereinzelt einen Besuch den Weg nach dem Schlosse fahren sehen; jetzt kam fast niemand mehr; auch die alte Exzellenz sah man immer seltener in der breiten Allee des Gartens wandeln.

Nur noch einmal, im Herbste des folgenden Jahres, war es droben auf einige Tage wieder lebendig geworden; als die Hochzeit des jungen Fräuleins gefeiert wurde. Unten in der Dorfkirche war die Trauung gewesen. Seit lange hatte man dort so viele vornehme Leute nicht gesehen; aber die hagere Gestalt des Bräutigams mit dem dünnen Haar und den vielen Orden wollte den Leuten nicht gefallen; auch die Braut, als sie von der alten Exzellenz an die mit Teppichen belegten Altarstufen geführt wurde, hatte in dem langen weißen Schleier, mit den dicht zusammenstehenden schwarzen Augenbrauen ganz totenhaft ausgesehen; was aber das schlimmste war, sie hatte nicht geweint, wie es doch den Bräuten ziemt. Der alte Baron, der in sich zusammengesunken in dem herrschaftlichen Stuhl gesessen und mit trübseligen Augen auf die Braut geblickt hatte, war nach Beendigung der Zeremonie allein und heimlich seitwärts über die Felder gegangen. – –

Am darauffolgenden Nachmittag hielt der Wagen mit den Neuvermählten eine kurze Zeit in der Durchfahrt des Dorfkruges; und die Leute standen umher und besahen sich das Wappen auf dem Kutschenschlage, einen Eberkopf im blauen Felde. Der hagere vornehme Mann war ausgestiegen und brachte der jungen Frau eigenhändig ein Glas Wasser an den Wagen; von dieser selbst war wenig zu sehen; sie saß im Dunkel des Fonds schweigend in ihre Mäntel gehüllt.

Der Wagen fuhr davon, und seitdem vergingen Jahre, ohne daß man von dem Fräulein wieder etwas hörte. Nur dem Prediger hatte einmal der alte Baron erzählt, daß ein Knabe, den sie im zweiten Jahre der Ehe geboren, von einer Kinderepidemie dahingerafft sei; und später dann, als die alte Exzellenz gestorben und abends bei Fackelschein auf dem Kirchhof hinter den Tannen zur Erde gebracht wurde, sollte sie nachts auf dem Schlosse gewesen sein; aber von den Leuten im Dorfe hatte niemand sie gesehen. – Bald darauf verließ auch der alte Baron mit seinen Sammlungen und Büchern das Schloß, wie es hieß, um bei einem andern Vetter seine harmlosen Studien fortzusetzen.

Einen Sommer lang wohnte niemand in dem steinernen Hause, und das Gras wuchs ungestört auf den breiten Steigen der Gartenallee.

Da, eines Nachmittags, es mochte jetzt ein Jahr vergangen sein, hielt wiederum der Wagen mit dem Eberkopf vor dem Wirtshause des Dorfes. Die junge Frau saß darin, das einstige Fräulein vom Schloß; sie sprach freundlich zu den Leuten, erzählte ihnen, daß sie ihr Gut jetzt selbst bewirtschaften und bewohnen werde, und bat um treue Nachbarschaft. Aber froh sah sie nicht aus, auch nicht ganz jung mehr, obwohl sie kaum mehr als fünfundzwanzig Jahre zählen mochte.

Die Leute wußten sich keinen Vers daraus zu machen; bald aber kam das Gerücht über Stadt und Land und auch in die Gaststube des Dorfkruges. Das in der Kirche drüben geschlossene vornehme Ehebündnis war nicht zum Guten ausgeschlagen. Die junge Frau sollte in der Residenz, wo ihr Gemahl eine Hofcharge bekleidete, eine Liebschaft mit einem jungen Professor gehabt haben. Einige hatten sogar gehört, es sei der ihnen wohlbekannte Hauslehrer des verstorbenen kleinen Junkers. Die Dame, hieß es, sei so etwas wie verbannt und dürfe nicht in die Residenz zurückkehren. Dann noch ein anderes, was aufs neue die müßigen Ohren reizte: der zweifelhafte Ursprung jenes unlängst begrabenen Kindes sollte zu der Trennung des Ehepaars die nächste Veranlassung gegeben haben. Das Gerücht war von allem unterrichtet, von dem, was geschehen, und noch mehr von dem, was nicht geschehen war.

Währenddessen hauste die Baronin droben in dem alten Schlosse, in großer Einsamkeit; denn niemals sah man aus der Stadt oder von den benachbarten Adelsfamilien einen Wagen an dem Tannicht hinauffahren. Wie der Schullehrer sagte, hatte sie sich Bücher aus der Stadt kommen lassen, in denen sie die Landwirtschaft studierte; auch mit den Dorfleuten, wenn sie solche auf ihren täglichen Spaziergängen traf, führte sie gern derartige Gespräche. Ja, man hatte sie am heißen Juninachmittage gesehen, wie sie auf einem Acker die Steine in ihre seidene Schürze sammelte und auf die Seite trug, begleitet von einem großen schwarzen St.-Bernhards-Hunde, der nie von ihrer Seite wich.

Sie mochte sich indessen doch der übernommenen Aufgabe nicht ganz gewachsen fühlen; denn vor etwa einem Vierteljahr war ein Verwalter angelangt; aber es war ein junger vornehmer Herr, für den der Vater längst ein mehr als doppelt so großes Gut in Bereitschaft hatte. Die Bauern konnten nicht begreifen, was der in der kleinen Wirtschaft profitieren wolle, zumal sie es bald heraushatten, daß er seine Sache aus dem Fundament verstehe; der Schulmeister meinte freilich, es sei ein weitläufiger Vetter der Baronin; allein der Förster wollte die Anwesenheit des jungen Herrn nicht als verwandtschaftliche Hülfeleistung gelten lassen. Er kniff die Augen ein und sagte geheimnisvoll: »Was einmal in der Stadt geschehen – – nun, Gevatter, Ihr seid ja ein Schulmeister, macht Euch den Satz selber zu Ende!«

Im Schloß

An dem linken Ende der Front neben dem stumpfen Eckturm führte eine schwere Tür ins Haus. Rechts hinab, an der gegenüberliegenden breiten Treppenflucht vorbei, auf welcher man in das obere Stockwerk gelangte, zog sich ein langer Korridor mit nackten weißen Wänden. Den hohen Fenstern gegenüber, welche auf den geräumigen Steinhof hinaussahen, lag eine Reihe von Zimmern, deren Türen jetzt verschlossen waren. Nur das letzte wurde noch bewohnt. Es war ein mäßig großes, düsteres Gemach; das einzige Fenster, welches nach der Gartenseite hinaus lag, war mit dunkelgrünen Gardinen von schwerem Wollenstoffe halb verhangen. In der tiefen Fensternische stand eine schlanke Frau in schwarzem Seidenkleide. Während sie mit der einen Hand den Schildpattkamm fester in die schwere Flechte ihres schwarzen Haares drückte, lehnte sie mit der Stirn an eine Glasscheibe und schaute wie träumend in den Septembernachmittag hinaus. Vor dem Fenster lag ein etwa zwanzig Schritte breiter Steinhof, welcher den Garten von dem Hause trennte. Ihre tiefblauen Augen, über denen sich ein Paar dunkle, dicht zusammenstehende Brauen wölbten, ruhten eine Weile auf den kolossalen Sandsteinvasen, welche ihr gegenüber auf den Säulen des Gartentores standen. Zwischen den steinernen Rosengirlanden, womit sie umwunden waren, ragten Federn und Strohhalme hervor. Ein Sperling, der darin sein Nest gebaut haben mochte, hüpfte heraus und setzte sich auf eine Stange des eisernen Gittertors; bald aber breitete er die Flügel aus und flog den schattigen Steig entlang, der zwischen hohen Hagebuchenwänden in den Garten hinabführte. Hundert Schritte etwa von dem Tore wurde dieser Laubgang durch einen weiten sonnigen Platz unterbrochen, in dessen Mitte zwischen wuchernden Astern und Reseda die Trümmer einer Sonnenuhr auf einem kleinen Postamente sichtbar waren. Die Augen der Frau folgten dem Vogel; sie sah ihn eine Weile auf dem metallenen Weiser ruhen; dann sah sie ihn auffliegen und in dem Schatten des dahinterliegenden Laubganges verschwinden.

Mit leichtem Schritt, daß nur kaum die Seide ihres Kleides rauschte, trat sie ins Zimmer zurück, und nachdem sie auf einem Schreibtische einige beschriebene Blätter geordnet und weggeschlossen hatte, nahm sie einen Strohhut von dem an der Wand stehenden Flügel und wandte sich nach der Tür. Von einem Teppich neben dem Kamin erhob sich ein schwarzer St.-Bernhards-Hund und drängte sich neben ihr auf den Korridor hinaus. Während sie wie im stillen Einverständnis ihre Hand auf dem schönen Kopf des Tieres ruhen ließ, erreichten beide eine Tür, welche unterhalb der großen Haupttreppe in den schmalen Hof hinausführte. Sie gingen über die mit Gras durchwachsenen Steine und durch das dem Fenster des Wohnzimmers gegenüberliegende Gittertor in den breiten Gartensteig hinab.

Die Luft war erfüllt von dem starken Herbstdufte der Reseda, welcher sich von dem sonnigen Rondell aus über den ganzen Garten hin verbreitete. Hier, an der rechten Seite desselben, bildete die Fortsetzung des Buchenganges eine Nachahmung des Herrenhauses; die ganze Front mit allen dazugehörigen Tür- und Fensteröffnungen, das Erdgeschoß und das obere Stockwerk, sogar der stumpfe Turm neben dem Haupteingange, alles war aus der grünen Hecke herausgeschnitten und trotz der jahrelangen Vernachlässigung noch gar wohl erkennbar; davor breitete sich ein Obstgarten von lauter Zwergbäumen aus, an denen hie und da noch ein Apfel oder eine Birne hing. Nur ein Baum schien aus der Art geschlagen; denn er streckte seine vielverzweigten Äste weit über die Höhe des grünen Laubschlosses hinaus. Die Dame blieb bei demselben stehen und warf einen flüchtigen Blick umher; dann setzte sie den geschmeidigen Fuß in die unterste Gabel des Baumes und stieg leicht von Ast zu Ast, bis die Umgebung der hohen Laubwände ihren Blick nicht mehr beschränkte.

Seitwärts, unmittelbar am Garten, erhob sich der Tannenwald und verdeckte das tiefer liegende Dorf; vor ihr aber war die Schau ins Land hinaus eine unbegrenzte. Unterhalb des Hochlandes, worauf das Schloß lag, breitete sich nach beiden Seiten eine dunkle Heidestrecke fast bis zum Horizont; in braunviolettem Dufte lag sie da; nur an einer Stelle im Hintergrunde standen schattenhaft die Türme einer Stadt. Die schlanke Frauengestalt lehnte sorglos an einen schwanken Ast, indes die scharfen Augen in die Ferne drangen. – Ein Schrei aus der Luft herab machte sie emporsehen. Als sie über sich in der sonnigen Höhe den revierenden Falken erkannte, hob sie die Hand und schwenkte wie grüßend ihr Schnupftuch gegen den wilden Vogel. Ihr fiel ein altes Volkslied ein; sie sang es halblaut in die klare Septemberluft hinaus. Aber unten neben dem auf dem Boden liegenden Sommerhut stand der Hund, die Schnauze gegen den Baum gedrückt, mit den braunen Augen zu seiner Herrin emporsehend. Jetzt kratzte er mit der Pfote an den Stamm. »Ich komme, Türk, ich komme!« rief sie hinab; und bald war sie unten und ging mit ihrem stummen Begleiter den hinteren Buchengang hinab, der von dem Rondell aus nach der breiten Lindenallee führte.

Als sie in diese eintrat, kam ihr ein junger, kaum mehr als zwanzigjähriger Mann entgegen, in dessen gebräuntem Antlitz mit der feinen vorspringenden Nase eine Familienähnlichkeit mit ihr nicht zu verkennen war. »Ich suchte dich, Anna!« sagte er, indem er der schönen Frau die Hand küßte.

Ihre Augen ruhten mit dem Ausdruck einer kleinen mütterlichen Überlegenheit auf ihm, als sie ihn fragte: »Was hast du, Vetter Rudolf?«

»Ich muß dir Vortrag halten!« erwiderte er, während er sie höfisch zu einer in der Nähe stehenden Gartenbank führte. Dann begann er, vor ihr stehend, einen ernsthaften Vortrag über die Dränierung einer kaltgrundigen Gutswiese; über die Art, wie dies am zweckmäßigsten ins Werk zu richten sei, und über die Kosten, die dadurch veranlaßt werden könnten. – Er hatte schon eine Zeitlang gesprochen. Sie lehnte sich zurück und gähnte heimlich hinter der vorgehaltenen Hand. Endlich sprang sie auf. »Aber Rudolf«, rief sie, »ich verstehe von alledem nichts; du hast mir das ja selbst erklärt!«

Er runzelte die Stirn. »Gnädige Frau!« sagte er bittend.

Sie lachte. »So sprich nur; ich habe schon Geduld!« –

Dann brachte er's zu Ende. – Sie reichte ihm die Hand und sagte herzlich: »Du bist ein gewissenhafter Verwalter, Rudolf; aber ich werde mich nach einem andern umsehen müssen; ich kann dies Opfer nicht länger von dir fordern.«

Ein leidenschaftlicher Blick traf sie aus seinen Augen. »Es ist kein Opfer«, sagte er; »du weißt es wohl.«

»Nun, nun! Ich weiß es«, erwiderte sie ruhig, »du bist ja sogar als zehnjähriger Knabe mein getreuer Ritter gewesen. – Bestelle mir nur den Rappen; wir können gleich miteinander zur Wiese hinabreiten.«

Er ging, und sie sah ihm nachdenklich und leise mit dem Kopfe schüttelnd nach.

Bald waren beide zu Pferde. Der junge Reiter suchte an ihrer Seite zu bleiben; aber sie war ihm immer um einige Kopfeslängen voraus. Sie ließ den Rappen ausgreifen, der Schaum flog von den Ketten des Gebisses, während der Hund in großen Sätzen nebenhersprang. Ihre Augen schweiften in die Ferne, über die braune Heide, auf der sich schon die Schatten des Abends zu lagern begannen. – – – –

Einige Stunden später saß sie wieder allein in ihrem Zimmer am Schreibtisch, die am Nachmittage weggeschlossenen Blätter vor sich. Neben ihr auf seinem Teppich ruhte Türk. – Von der Lampe beleuchtet, erschien ihre nicht gar hohe Stirn gegen die Schwärze des schlicht zurückgestrichenen Haars von fast durchsichtiger Blässe. Sie schrieb nur langsam; mitunter ließ sie die Feder gänzlich ruhen und blickte vor sich hin, als suche sie die Gestalten ferner Dinge zu erkennen.

Sie gedachte einer Novembernacht, da sie zum letztenmal vor ihrem gegenwärtigen Aufenthalt das Schloß betreten hatte. – Der Brief des Oheims, der ihr die Nachricht von der tödlichen Erkrankung ihres

Vaters in die Residenz brachte, trug auf dem Kuverte einen mehrere Tage alten Poststempel. Eilig war sie abgereist; nun dämmerte schon der zweite Abend, und die Wälder und Fluren an der Seite des Weges wurden allmählich ihr bekannter. Schon machte aus der Dunkelheit die Nähe des letzten Dorfes sich bemerklich; sie hörte die Hunde bellen und spürte den Geruch des Heidebrennens. An einem kleinen Hause in der Dorfstraße hielt der Wagen. Ihre Jungfer stieg ab, der sie erlaubt hatte, bei ihren dort wohnenden Eltern bis zum andern Morgen zu bleiben. Dann ging es weiter; sie hatte sich in die Wagenecke gedrückt und zog fröstelnd den Mantel um ihre Schultern. Vor ihrem innern Auge war die Gestalt ihres Vaters; sie sah ihn, wie er in der letzten Zeit ihres Zusammenlebens zu tun pflegte, im Zwielicht in dem öden Rittersaale mit seinem Rohrstock auf und ab wandern; den weißen Kopf gesenkt, nur zuweilen vor einem der alten Bilder stehenbleibend oder aus den schwarzen Augen von unten auf einen Blick zu ihr hinüberwerfend. –

– – Es war ganz finster geworden, die Pferde gingen langsam; aber sie wagte nicht, den Postillon zum Schnellerfahren zu ermuntern. Eine unbewußte Scheu schloß ihr den Mund; es war ihr fast lieb, daß der Augenblick der Ankunft sich verzögerte. Immer aber, wenn sie die Augen schloß, sah sie die kleine hagere Gestalt an sich vorüberwandern, und unter dem Wehen des Windes war es ihr, als höre sie den bekannten abgemessenen Schritt und das Aufstoßen des Rohrstocks auf den Fußboden. – – Als die Ulmenallee erreicht war, welche über die Brücke nach dem Schloßhof führte, vernahm sie das Schlagen der Turmuhr, deren Regulierung die alte Exzellenz immer selbst überwacht hatte. Sie atmete auf und lehnte sich aus dem Wagen. Eine ungewöhnliche Helligkeit blendete ihre Augen, als sie in den Hof einfuhren. Die ganze obere Front des Gebäudes schien erleuchtet. Der Wagen rasselte über das Steinpflaster und hielt vor der Eingangstür neben dem Turm; der Postillon klatschte mit der Peitsche, daß es an den Mauern des alten Reitsaals widerklang; aber es kam niemand. – Nach einer Weile vergeblichen Wartens ließ die zitternde Frau sich den Schlag öffnen und bezeichnete ihrem Fuhrmann einen Raum, worin er seine Pferde zur Nacht unterbringen könne. Dann stieg sie aus und trat, nachdem sie die schwere Tür zurückgedrängt, in den großen Korridor des Erdgeschosses. Einige Augenblicke blieb sie stehen und blickte unentschlossen um sich her. Auf den Geländersäulen der breiten Treppe, die in das obere Stockwerk führte, brannten Walratkerzen in schweren silbernen Leuchtern. Sie beugte sich vor und lauschte; aber es war alles still. Leise, kaum aufzutreten wagend, begann sie die Stufen hinaufzusteigen. Da war ihr, als hörte sie droben auf dem Flur die Tür zum Rittersaale knarren; und gleich darauf kam es ihr entgegen, die Treppe herab. Sie sah es nun auch, es war der Hund ihres Vaters; sie rief ihn bei Namen; aber das Tier hörte nicht darauf, es jagte an ihr vorbei auf den Korridor hinab und entfloh durch die offene Tür ins Freie. – – Erst jetzt fiel ihr ein dumpfer Geruch von Rauchwerk auf. Sie stieg langsam die letzten Stufen in dem erleuchteten Treppenhause hinauf, bis sie den oberen Flur erreicht hatte. Die Tür des Rittersaals stand offen; in der Mitte des weiten Raumes sah sie zwei Reihen brennender Kerzen auf hohen Gueridons; dazwischen wie ein Schatten lag ein schwarzer Teppich. Aber es war niemand drinnen; nur die Bilder verschollener Menschen standen wie immer schweigend an den Wänden. Die gegenüberliegende Tür zu des Oheims Zimmer war weit geöffnet, und auch dort schienen Kerzen zu brennen; denn sie konnte deutlich die vergoldeten Engelköpfe unter dem Kamingesims erkennen. – Zögernd trat sie über die Schwelle in den Saal, aber von Scheu befangen, blieb sie zunächst der Tür in einer Fensternische stehen. Ihr war, als vernähme sie Choralgesang aus der Ferne, und da sie durch die Scheiben einen Blick in das Dunkel hinauswarf, sah sie jenseit der Tannen, von drüben, wo der Kirchhof lag, einen roten Schein am Himmel lodern. – – Sie wußte es nun, sie war zu spät gekommen; unwillkürlich mußte sie die Augen in den leeren Saal zurückwenden. Die Kerzen brannten leise knisternd weiter; nur mitunter, wo der Sarg mochte gestanden haben, lief ein Krachen über die Dielen, als drängte es sie, sich von der unheimlichen Last zu erholen, die sie hatten tragen müssen. – Sie drückte sich schauernd in die Fensterecke; es war nicht Trauer, es war nur Grauen, das sie empfand.

– – – – – – – – – –

Aber ihre Gedanken waren ihrer Feder weit voraus.

Die beschriebenen Blätter

Ich will es niederschreiben, mir zur Gesellschaft; denn es ist einsam
hier, einsamer noch, als es schon damals war. Sie sind alle fort; es ist
nur Täuschung, wenn ich draußen im Korridor mitunter das Husten
der Tante Ursula oder die Krücke des kleinen Kuno zu vernehmen
glaube. Es war ein klarer Spätherbstmorgen, als wir das Kind begruben;
die Leute aus dem Dorfe standen alle umher mit jener schaurigen
Neugier, die wenigstens den letzten Zipfel vom Leilaken des Todes noch
in die Grube will schlüpfen sehen. – Dann, als ich fern war, starb die
Tante, und dann mein Vater. Wie oft habe ich heimlich in seinen Augen
geforscht, was wohl im Grund der Seele ruhen möge, aber ich habe es
nicht erfahren; mir war, als hielten jene ausgeprägten Muskeln seines
feinen Antlitzes gewaltsam das Wort der Liebe nieder, das zu mir
drängte und niemals zu mir kam. – Droben im Rittersaal hängen noch
die Bilder; die stumme Gesellschaft verschollener Männer und Frauen
schaut noch wie sonst mit dem fremdartigen Gesichtsausdruck aus ihren
Rahmen in den leeren Saal hinein; aber aus dem dahinterliegenden
Zimmer läßt sich jetzt weder das Pfeifen des Dompfaffen noch das
Gekrächze Don Pedros, des lahmen Starmatzes, vernehmen; der gute
Oheim, mit seinen harten Worten und seinem weichen Herzen, mit
seinem toten und lebendigen Getier, hat es seit lange verlassen. Aber
er lebt noch; er wird vielleicht zurückkehren, wenn es Frühling wird;
und ich werde wieder, wie damals, meine Zuflucht in dem abgelegenen
Zimmer suchen.

Damals! – – Ich bin immer ein einsames Kind gewesen; seit der
Geburt des kleinen Kuno steigerte sich die Kränklichkeit meiner Mutter,
so daß ihre Kinder nur selten um sie sein durften. Nach ihrem Tode
siedelten wir hier hinüber. In der Stadt hatten wir, wie hergebracht,
nur das Geschoß eines großen Hauses bewohnt; jetzt hatte ich ein
ganzes Schloß, einen großen seltsamen Garten und unmittelbar dahinter
einen Tannenwald. Auch Freiheit hatte ich genug; der Vater sah mich
meistens nur bei Tische, wo wir Kinder schweigend unser Mahl verzeh-
ren mußten; die Tante Ursula war eine gute förmliche Dame, die nicht
gern ihren Platz dort in der Fensternische verließ, wo sie ihre saubern
Strick- und Filetarbeiten für ferne und nahe Freunde verfertigte; hatte
ich meinen Saum genäht und meine Lafontainesche Fabel bei ihr auf-

gesagt, so warf sie höchstens einen Blick durchs Fenster, wenn ich mit dem grauen Windspiel meines Vaters zwischen den Buchenhecken des Gartens hinabrannte.

Spielgenossen hatte ich keine; mein Bruder war fast acht Jahre jünger als ich, und die von Adelsfamilien bewohnten Güter lagen sehr entfernt. Von den bürgerlichen Beamten aus der Stadt waren im Anfang zwar einzelne mit ihren Kindern zu uns gekommen; da wir jedoch ihre Besuche nur selten und flüchtig erwiderten, so hatte der kaum begonnene Verkehr bald wieder aufgehört. – Aber ich war nicht allein; weder in den weiten Räumen des Schlosses noch draußen zwischen den Hecken des Gartens oder den aufstrebenden Stämmen des Tannenwaldes; der »liebe Gott«, wie ihn die Kinder haben, war überall bei mir. Aus einem alten Bilde in der Kirche kannte ich ihn ganz genau; ich wußte, daß er ein rotes Unterkleid und einen weiten blauen Mantel trug; der weiße Bart floß ihm wie eine sanfte Welle über die breite Brust herab. Mir ist, als sähe ich mich noch mit dem Oheim drüben in den Tannen; es war zum ersten Mal, daß ich über mir das Sausen des Frühlingswindes in der Krone eines Baumes hörte. »Horch!« rief ich und hob den Finger in die Höhe. »Da kommt er!« – »Wer denn?« – »Der liebe Gott!« – Und ich fühlte, wie mir die Augen groß wurden; mir war, als sähe ich den Saum seines blauen Mantels durch die Zweige wehen. Noch viele Jahre später, wenn abends auf meinem Kissen der Schlaf mich überkam, war mir, als läge ich mit dem Kopf in seinem Schoß und fühlte seinen sanften Atem an meiner Stirn.

Mein Lieblingsaufenthalt im Hause war der große Rittersaal, der das halbe obere Stockwerk in seiner ganzen Breite einnimmt. Leise und nicht ohne Scheu vor der schweigenden Gesellschaft drinnen schlich ich mich hinein; über dem Kamin im Hintergrund des Saales, von Marmor in Basrelief gehauen, ist der Krieg des Todes mit dem menschlichen Geschlechte dargestellt. Wie oft habe ich davorgestanden und mit neugierigem Finger die steinernen Rippchen des Todes nachgefühlt! – Vor allem zogen mich die Bilder an: auf den Zehen ging ich von einem zu dem andern; nicht müde konnte ich werden, die Frauen in ihren seltsamen roten und feuerfarbenen Roben, mit dem Papageien auf der Hand oder dem Mops zu ihren Füßen, zu betrachten, deren grelle braune Augen so eigen aus den blassen Gesichtern herausschauten, so ganz anders, als ich es bei den lebenden Menschen gesehen hatte. Und dann dicht neben der Eingangstür das Bild des Ritters mit dem bösen Gewissen und dem schwarzen krausen Bart, von dem es hieß, er werde rot, sobald ihn jemand anschaue. Ich habe ihn oftmals angeschaut, fest und lange; und wenn, wie es mir schien, sein Gesicht ganz mit Blut überlaufen war, so entfloh ich und suchte des Oheims Tür zu erreichen. Aber über dieser Tür war ein anderes Bild; es mochten die Porträts von Kindern sein, die vor einigen hundert Jahren hier gespielt hatten; in steifen brokatenen Gewändern mit breiten Spitzenkragen standen sie wie die Kegel nebeneinander, Knaben und Mädchen, eines immer kleiner als das andere. Die Farben waren verkalkt und ausgeblichen, und wenn ich unter dem Bilde durch die Tür lief, war es mir, als blickten sie alle aus den kleinen begrabenen Gesichtern mit ihren beerschwarzen Augen auf mich herab. War dann der Oheim in seinem Zimmer, so flog ich auf ihn zu, und er, von seinen Büchern auffahrend, schalt mich dann wohl und rief: »Was ist? Sind dir die albernen Bilder schon wieder einmal auf den Hacken?«

Großes Bedenken hatte es für mich, in der Dämmerung durch den Saal zu kommen. Zum Glück waren die sich gegenüberstehenden Türen an der Gartenseite, die Fenster sahen hier nach Westen, und der Abendschein stand tröstlich über dem Tannenwald. In des Oheims Zimmer waren dann die Vogelstimmen schlafen gegangen; nur draußen vor dem Fenster wurde der Kauz in seinem großen Käfig nun lebendig. Der Oheim saß dann wohl mit gefalteten Händen in seinem Lehnstuhl, während das Abendrot friedlich durch die Fenster leuchtete. Aber ich wußte ihn zum Sprechen zu bringen; ich ließ mich nicht abweisen, bis er mir das Märchen von der Frau Holle oder die Sage vom Freischützen erzählte, an der ich mich nie ersättigen konnte. Einmal freilich, als die Geschichte eben im besten Zuge war, stand er plötzlich auf und sagte: »Aber, Anna, glaubst du denn all das dumme Zeug? – Wart nur ein wenig«, fuhr er fort, indem er seine Schiebelampe anzündete; »du sollst etwas hören, was noch viel wunderbarer ist.« Dann haschte er eine Fliege, und nachdem er sie getötet, legte er sie vor uns auf den Tisch. »Betrachte sie einmal genau!« sagte er. »Siehst du an ihrem Körperchen die silbernen Pünktchen auf dem schwarzen Sammetgrunde; die zwei schönen Federchen an ihrem Kopf?« Und während ich seiner Anweisung folgte, begann er mir den kunstreichen Bau dieses verachteten Tierchens zu erklären. Aber ich langweilte mich; die Wunder der Natur hatten keinen Reiz für mich nach den phantastischen Wundern der Märchenwelt. – – – –

Indessen war ich unmerklich herangewachsen; und wenn ich, was selten genug geschah, einmal vor meinem Spiegel stand, so schaute mir eine schmächtige Gestalt mit einem gelben scharfgeschnittenen Gesicht entgegen. Zwar bemerkte ich die auffallende Bläue meiner Augen; im übrigen aber hatte dies zigeunerhafte Wesen mit dem schwarzen Haar keineswegs meinen Beifall. Mein Aussehen kümmerte mich indessen wenig. Ich war über die Bibliothek meines Vaters geraten, in der sich eine Anzahl schönwissenschaftlicher Bücher aus dem Ende des vorigen Jahrhunderts befand. Ich begann zu lesen, und bald befiel mich eine wahre Lesewut; ich kauerte mit meinen Büchern in den heimlichsten Winkeln des Hauses oder des Gartens und hatte manche Rüge meines Vaters zu erdulden, wenn ich den Ruf zum Mittagessen überhörte. Eines Nachmittags war ich draußen, mein Lesefutter in der Tasche, in eine der oberen Fensterhöhlen des Laubschlosses hineingeklettert und hatte es mir auf dem flachgeschorenen Gezweig bequem zu machen gewußt. Ich saß im Schatten, die grüne Blätterwölbung über mir, und hatte mich bald in ein Bändchen von Musäus' Volksmärchen vertieft, während unten in der Mitte des Rondells die heiße Junisonne kochte. Plötzlich kam die Stimme des Oheims in meine Märchenwelt hinein. Als ich hinabblickte, sah ich ihn zwischen den Zwergbäumchen stehen und, die Augen mit der Hand beschattend, zu mir hinaufreden. »So«, rief er, »es wird sich wohl niemand darum kümmern, wenn du hier das Genick brichst?«

»Ich breche ja nicht das Genick, Onkel«, rief ich hinunter; »es sind lauter alte, vernünftige Bäume!«

Aber er ließ sich nicht beruhigen; er holte eine Gartenleiter, stieg zu mir hinauf und überzeugte sich selbst von der Sicherheit meines luftigen Sitzes. »Nun«, sagte er, nachdem er noch einen kurzen Blick in mein Buch geworfen hatte, »du bist ja doch nicht zu hüten; spinne nur weiter, du wilde Katz!« – –

Um dieselbe Zeit war es, daß eine seltsame Schwärmerei von mir Besitz nahm. Im Rittersaal auf dem Bilde oberhalb der Tür befand sich seitab von den reichgekleideten Kindern noch die Gestalt eines etwa zwölfjährigen Knaben in einem schmucklosen braunen Wams. Es mochte der Sohn eines Gutsangehörigen sein, der mit den Kindern der Schloßherrschaft zu spielen pflegte; auf der Hand trug er, vielleicht zum Zeichen seiner geringen Herkunft, einen Sperling. Die blauen Augen blickten trotzig genug unter dem schlicht gescheitelten Haar heraus;

aber um den fest geschlossenen Mund lag ein Zug des Leidens. Früher hatte ich diese unscheinbare Gestalt kaum bemerkt; jetzt wurde es plötzlich anders. Ich begann der möglichen Geschichte dieses Knaben nachzusinnen; ich studierte in bezug auf ihn die Gesichter seiner vornehmen Spielgenossen. Was war aus ihm geworden, war er zum Manne erwachsen, und hatte er später die Kränkungen gerächt, die vielleicht jenen Schmerz um seine Lippen und jenen Trotz auf seine Stirn gelegt hatten? – Die Augen sahen mich an, als ob sie reden wollten; aber der Mund blieb stumm. Ein schwermütiges, mir selber holdes Mitgefühl bewegte mein Herz; ich vergaß es, daß diese jugendliche Gestalt nichts sei als die wesenlose Spur eines vor Jahrhunderten vorübergegangenen Menschenlebens. Sooft ich in den Saal trat, war mir, als fühle ich die Augen des Bildes auf meinen Lidern, bis ich emporsah und den Blick erwiderte; und abends vor dem Einschlafen war es nun nicht sowohl das Antlitz des lieben Gottes als viel öfter noch das blasse Knabenantlitz, das sich über das meine neigte. Einmal, da der Oheim über Feld war, trat ich aus seinem Zimmer, wo ich die Fütterung des Käuzchens besorgt hatte. Während ich durch den Saal ging, wandte ich den Kopf zurück und sah das Bild oberhalb der Tür von der Nachmittagssonne beleuchtet, die durch die nahe liegenden hohen Fenster schien. Das Gesicht des Knaben trat dadurch in einer Lebendigkeit hervor, wie ich es bisher noch nicht gesehen, und mich erfaßte plötzlich eine unwiderstehliche Sehnsucht, es in nächster Nähe zu betrachten. Ich horchte, ob alles still sei. Dann schleppte ich mit Mühe einige an den Wänden stehende Tische vor des Oheims Tür und türmte sie aufeinander, bis ich die Höhe des Bildes erreicht hatte. Während ich mitunter einen scheuen Blick über die schweigende Gesellschaft an den Wänden gleiten ließ, mit der ich mich in dem großen Raume eingeschlossen hatte, kletterte ich mit Lebensgefahr hinauf. Als ich oben stand, wallte mein Blut so heftig, daß ich das laute Klopfen meines Herzens hörte. Das Angesicht des Knaben war grade vor dem meinen; aber die Augen lagen schon wieder im Schatten, nur die roten, fest geschlossenen Lippen waren noch von der Sonne beleuchtet. Ich zögerte einen Augenblick, ich fühlte, wie mir der Atem schwer wurde, wie mir das Blut mit Heftigkeit ins Gesicht schoß; aber ich wagte es und drückte leise meinen Mund darauf. – Zitternd, als hätte ich einen Raub begangen, kletterte ich wieder hinab und brachte die Tische an ihre Stelle.

Dies alles hatte ein plötzliches Ende. An meinem vierzehnten Geburtstag kündigte mein Vater mir an, daß ich die nächsten drei Jahre bis nach meiner Einsegnung, die dort erfolgen solle, bei der Tante in einer großen Stadt sein würde. – Und so geschah es. Ich war wieder, wie in den ersten Jahren meiner Kindheit, auf den Raum einiger Zimmer beschränkt, ohne Wald, ohne Garten, ohne ein Plätzchen, wo ich meine Träume spinnen konnte. Ich sollte alles lernen, was ich bisher nicht gelernt hatte, ich wurde dressiert von innen und außen, und die Tante, unter deren Augen ich jetzt mein ganzes Leben führte, war eine strenge Frau, die von den hergebrachten Formen kein Tüttelchen herunterließ. Der einzige, der etwas über sie vermochte, war vielleicht der kleine Rudolf, dessen allzu leidenschaftliche Anhänglichkeit mich gegenwärtig zu beunruhigen beginnt. Mit ihm vereint gelang es mitunter, uns zu einer gemeinschaftlichen Wanderung in die Anlagen vor der Stadt loszubitten. – Der Aufenthalt wurde erst erträglich, als der Musikunterricht mir größere Teilnahme abgewann und als ich durch Vermittlung meines Lehrers die Erlaubnis erhielt, einem Gesangvereine beizutreten. Freilich wurde sie nur widerwillig gegeben; denn die Gesellschaft war eine aus allen Ständen gemischte – mauvais genre, wie die Tante mit einer ablehnenden Handbewegung zu sagen pflegte. Mich kümmerte das nicht. In den Pausen hielt ich mich zu der Schwester einer Hofdame und einer schon ältlichen Baronesse, die beide leidenschaftliche Sängerinnen waren; ein paar Leutnants von der Linie traten zu uns, und wir plauderten, bis der Taktstock wieder das Zeichen gab. Ich hätte von den übrigen kaum einen Namen anzugeben vermocht. Später waren dann die Bedienten zeitig da, um uns nach Hause zu geleiten.

Dann und wann kam ein kurzer förmlicher Brief meines Vaters, der mich ermahnte, in allem der Tante Folge zu leisten, oder ein längerer des Oheims, der kaum etwas anderes enthielt als das Gegenteil davon, bisweilen freilich auch einen Bericht über Schloß und Garten, der mich mit Heimweh nach diesen einsamen Orten erfüllte.

Endlich war der dreijährige Zeitraum verflossen; Tante Ursula und mein Vater kamen, um mich nach Hause zu holen und Rudolfs Mutter übergab mich ihnen als ein nicht ganz mißlungenes Werk ihrer Erziehung. Auch mein Bruder Kuno hatte die Reise mitgemacht; er war gewachsen, aber er sah blaß und leidend aus, und es schnitt mir ins Herz, als bei der Ankunft eine kleine Krücke mit ihm vom Wagen gehoben wurde. Wir waren bald vertraute Freunde; auf dem Heimwege saß er zwischen mir und der Tante und ließ meine Hand nicht aus der seinen.

An einem klaren Aprilnachmittage langten wir zu Hause an. Schon als wir über die Brücke in den Hof einfuhren, sah ich den Oheim neben dem Turme in der Tür stehen. Er war barhäuptig wie gewöhnlich; sein volles graues Haar schien in der Zwischenzeit nicht bleicher geworden. »Nun, da bist du ja!« sagte er trocken und reichte mir die Hand. Als wir im Wohnzimmer waren und ich mich aus meinen Umhüllungen herausgeschält hatte, ließ er einen mißtrauischen Blick über meine modische Kleidung gleiten. »Wie willst du denn mit den Fahnen in die Beletage deines Gartenschlosses hinaufkommen?« sagte er, indem er den Saum meiner weiten Ärmel mit den Fingerspitzen faßte. »Und ich hab es eben expreß für dich putzen lassen.«

Aber seine Besorgnis war überflüssig; das Wesen, das in den Kleidern mit Volants und Spitzen steckte, war dem Kerne nach kein anderes als das in den knappen Kinderkleidern. Es ließ mir keine Ruhe; mit Entzücken lief ich in den Garten, wo eben das junge Grün an den Buchenhecken hervorsprang, durch das Hinterpförtchen in den Tannenwald und von dort wieder zurück ins Haus. Ich flog die breite Treppe hinauf; es kam mir alles so groß und luftig vor. Dann begrüßte ich die altfränkischen Herren und Damen im Rittersaal; aber ich trat unwillkürlich leiser auf, es war mir doch fast unheimlich, daß sie nach so langer Zeit noch ebenso wie sonst mit ihren grellen Augen in den Saal hineinschauten. Droben über der Tür neben den kleinen Grafenkindern stand noch immer der Knabe mit dem Sperling; aber mein Herz blieb ruhig. Ich ging achtlos, und ohne seinen trotzigen Blick zu erwidern, unter dem Bilde weg in das Zimmer des Oheims. Da saß er schon wieder wie sonst in seinem alten Lehnstuhl, unter seinen Büchern und seinem lebenden und toten Getier; Don Pedro, der lahme Starmatz, krächzte noch ganz in alter Weise, als ich den Finger durch die Stangen seines Käfigs steckte; und auch draußen vor dem Fenster saß wieder ein Käuzchen in einem großen hölzernen Bauer und schaute träumend in den Tag. Der Oheim hatte seine Bücher fortgelegt; und während ich die bekannten Dinge eines nach dem andern wieder begrüßte, fühlte ich bald, wie seine grauen Augen mit der alten Innigkeit auf mich gerichtet waren.

Als ich nach einer Weile in die Wohnstube hinabkam, saß auch Tante Ursula schon strickend in ihrer Fensternische, und nebenan in seinem Zimmer sah ich durch die offene Tür meinen Vater über seine Korrespondenzen und Zeitungen gebückt. So war denn alles noch beim alten; nur eine Vermehrung unserer Hausgenossenschaft stand bevor, da noch am selbigen Abend ein junger Mann erwartet wurde, der von meinem Vater auf die Empfehlung eines Gymnasialdirektors als Lehrer für den kleinen Kuno engagiert war. Er hatte Philologie und Geschichte studiert und sich nach einem längern Aufenthalt in Italien dem akademischen Lehrfach widmen wollen, war aber durch äußere Umstände zu einer vorläufigen Annahme dieser Privatstellung genötigt worden. Außer seinen sonstigen Kenntnissen sollte er, was besonders mich interessieren mußte, ein durchgebildeter Klavierspieler sein.

Ich sah ihn zuerst am folgenden Tage, da er unten an der Mittagstafel neben seinem Zögling saß. Das blasse Gesicht mit den raschblickenden Augen kam mir bekannt vor; aber ich sann umsonst über eine Ähnlichkeit nach. Während er die Fragen meines Vaters über seinen Aufenthalt in der Fremde beantwortete, strich er mitunter mit einer leichten Kopfbewegung das schlichte braune Haar an der Schläfe zurück, als wolle er dadurch ein tiefes inneres Sinnen mit Gewalt zurückdrängen. Nach Beendigung des Mittagessens brachte mein Vater das Gespräch auf Musik und bat ihn, bisweilen meinem Gesange mit seinem Akkompagnement zu Hülfe zu kommen.

Obgleich aber dies mit Bereitwilligkeit zugesagt wurde, so verflossen doch einige Wochen, ohne daß ich mich dieser Abrede erinnert hatte; überhaupt bekümmerte ich mich um den neuen Hausgenossen nicht weiter, als daß ich ihn zu Mittag und bei dem gemeinschaftlichen Abendtee in der herkömmlichen Weise begrüßte. Eines Nachmittags aber war mit einer jungen Dame aus der Stadt, mit der ich zuweilen zu singen pflegte, eine Sendung neuer Musikalien angelangt. Wir hatten ein Duett von Schumann hervorgesucht; aber die eigensinnige Begleitung ging über unsere Kräfte. »Wir wollen den Lehrer bitten«, sagte ich und schickte den Diener nach dessen Zimmer.

Er kam nach einer Weile zurück »Herr Arnold könne augenblicklich nicht, werde aber so bald wie möglich die Ehre haben.« So mußten wir denn warten; ich sah nach der Uhr, eine Minute nach der andern verging, es war schon über eine Viertelstunde. Wir hatten uns eben wieder selbst darangemacht, da ging die Tür, und Arnold trat herein. »Ich bedauere, meine Damen; die Stunde des Kleinen war noch nicht zu Ende.«

Ich erwiderte hierauf nichts. – »Wollen Sie die Güte haben!« sagte ich und zeigte auf das aufgeschlagene Notenblatt.

Er trat einen Schritt zurück. »Darf ich bitten, mich der Dame vorzustellen?«

»Herr Arnold!« sagte ich leichthin und ohne aufzublicken; ich nannte den Namen des jungen Mädchens nicht, ich wollte es nicht.

Er sah mich an. Ein überlegenes Lächeln glitt über sein Gesicht, und die leicht aufgeworfenen Lippen zuckten unmerklich. »Fangen wir an!« sagte er dann, indem er sich auf das Taburett setzte und mit Sicherheit die einleitenden Takte anschlug. Dann setzten wir ein; nicht eben geschickt, ich vielleicht am wenigsten; nur die Sicherheit des Klavierspielers hielt uns. Als wir aber bis auf die Mitte des Stückes gekommen waren, hielt er inne. »Ancora!« rief er, indem er mit der flachen Hand die Noten bedeckte; »aber jede Stimme einzeln! – Sie, mein Fräulein – ich darf mir vielleicht Ihren Namen erbitten!«

Die junge Dame nannte ihn.

»Wollen Sie den Anfang machen!« – Und nun begann, bald auch mit mir, eine strenge Übung; unerbittlich wurde jeder Einsatz und jede Figur wiederholt, wir sangen mit heißen Gesichtern; es war, als seien wir plötzlich in der Gewalt unseres jungen Meisters. Mitunter fiel er selbst mit seiner milden Baritonstimme ein; und allmählich trat das Musikstück in seinen einzelnen Teilen immer klarer hervor, bis wir es endlich unaufgehalten bis zu Ende sangen.

Als er sich lächelnd zu uns wandte, stand mein Vater hinter ihm, der unvermerkt herangetreten war. Das etwas abgespannte Gesicht des alten Herrn, der für Musik kein besonderes Interesse hatte, nahm sich zu der herkömmlichen Freundlichkeit zusammen. »Bravo, mein lieber Herr Arnold«, sagte er, indem er den jungen Mann auf die Schulter klopfte, »Sie haben den Damen heiß gemacht; aber Sie sollten uns auch nun selbst noch etwas singen!«

Arnold, der noch die eine Hand auf den Tasten hatte, setzte sich wieder und begann eines jener italienischen Volkslieder, in denen die Klage um den Glanz der alten Zeit wie ein ruheloser Geist umgeht. Mein Vater blieb noch einige Augenblicke stehen; dann wandte er sich ab und ging, die Hände auf dem Rücken, im Zimmer auf und ab. Seine Gedanken waren längst bei andern Dingen, vielleicht bei dem Bildnis des Königs, das er durch Vermittlung eines einflußreichen Freundes als Geschenk der Majestät zu empfangen Hoffnung hatte. Statt seiner war der kleine Kuno mit seiner Krücke ans Klavier geschlichen und lehnte sich schweigend an seinen Lehrer. Dieser legte unter dem Spielen den Arm um ihn und sang so das Lied zu Ende. – »Hörst du das gern, mein Junge?« fragte er, und als der Knabe nickte und mit zärtlichen Augen zu ihm aufsah, nahm er ihn auf den Schoß und sang halblaut, als solle es dem Kleinen ganz allein gehören, das liebe deutsche Lied: »So viel Stern' am Himmel stehen!«

Aber, ob mit oder ohne Willen, auch für mich war es gesungen.

Er sang es später noch oft für mich; denn unmerklich bildete sich seit diesem Tage ein freundlicher Verkehr zwischen uns. Es war aber nicht nur die Musik, die uns zusammenführte; der kleine Kuno hatte bald seine Liebe zwischen mir und seinem Lehrer geteilt und veranlaßte uns dadurch zu mannigfachem Beisammensein in und außer dem Hause.

Eines Tages im Juli waren der Oheim, Arnold und ich mit dem Knaben in der Stadt, um uns nach einem Rollstühlchen für ihn umzutun; denn schon damals begann das Gehen ihm mitunter schwer zu werden. Da unser Geschäft bald besorgt war, so nahmen wir auf Arnolds Vorschlag einen etwas weiteren Rückweg, der am Saume eines schönen Buchenwaldes entlangführte. Hinter demselben in einem Dorfe ließen wir den Wagen halten und wandelten miteinander die Straße hinab, zwischen den meist großen strohbedeckten Bauerhäusern. Nach einer Weile bog Arnold wie zufällig in einen Fußweg ein, welcher zwischen zwei mit Nußgebüsch und Brombeerranken bewachsenen Wällen entlangführte. Wir andern folgten ihm; Kuno, der sich heute kräftiger als sonst zu fühlen schien, hatte seine Augen auf den Hummeln und Schmetterlingen, welche im Sonnenschein um die Disteln schwärmten. Es dauerte indes nicht lange, so hörten zu beiden Seiten die Wälle auf, und vor uns in einer weiten Busch- und Wieseneinsamkeit lag ein stattlicher Bauernhof. Unter einer Gruppe dunkelgrüner Eichen erhob sich das Gebäude mit dem mächtigen, fast bis zur Erde reichenden Strohdache, die braungetünchte Giebelseite uns entgegen, aus der die weißgestrichenen Fenster freundlich hervorleuchteten.

»In jenem Hause«, sagte Arnold, »bin ich als Knabe oft gewesen, und weil es mir hier wie fast nirgends in der Welt gefallen hat, so wünschte ich, daß auch Sie es einmal sähen.«

Der Oheim nickte. »Wer ist denn der Besitzer jenes schönen Gutes?«

»Es ist der Schulze Hinrich Arnold.«

»Hinrich Arnold?«

»Ja, der Bauer auf diesem Gute heißt allzeit Hinrich Arnold.«

»Aber«, fragte ich jetzt, »heißen denn Sie nicht auch so?«

»Die ältesten Söhne aus der Familie tragen alle diesen Namen«, erwiderte er; »auch bei dem Zweige derselben, der in die Stadt übergesiedelt ist. Der Vater des gegenwärtigen Besitzers war der Bruder des meinigen.«

Mittlerweile waren wir bei dem Hause angelangt. Durch das offenstehende Eingangstor am andern Ende des Gebäudes führte uns Arnold auf die große, die ganze Höhe desselben einnehmende Diele, an deren beiden Seiten sich die jetzt leerstehenden Stallungen für das Vieh befanden. Ein leichter Rauchgeruch empfing uns in dem dämmerigen Raume. Im Hintergrunde, wo vor den Türen der Wohnzimmer sich die Diele erweiterte und durch niedrige Seitenfenster erhellt war, saß neben einem am Boden spielenden kleinen Knaben eine alte Frau in der gewöhnlichen Bauerntracht von dunkelm eigengemachtem Zeuge, das graue Haar unter die schwarzseidene Kappe zurückgestrichen. Als wir näher getreten waren, stand sie langsam auf und musterte uns gelassen mit ein Paar grauen Augen, die unter noch schwarzen Brauen kräftig aus dem gebräunten Gesicht hervorsahen. »Sieh, sieh; Hinrich!« sagte sie nach einer Weile, indem sie unserm jungen Freunde die Hand schüttelte, scheinbar ohne uns andern weiter zu beachten.

»Das ist meine Großmutter«, sagte dieser; »da meine Eltern nicht mehr leben, meine nächste Blutsfreundin.« Dann bedeutete er ihr, wer wir seien; und sie reichte nun auch uns, der Reihe nach, die Hand.

Während sie halb mitleidig, halb musternd auf die Krücke des kleinen Kuno blickte, fragte Arnold: »Ist denn der Schulze zu Haus, Großmutter?«

»Sie heuen unten auf den Wiesen«, erwiderte sie.

»Und Ihr«, sagte mein Onkel, »wartet indessen vermutlich den jüngsten Hinrich Arnold?«

»Das mag wohl sein!« erwiderte sie, indem sie die Tür des einen Zimmers öffnete; »so ein abgenutzter alter Mensch muß sehen, wie er sein bißchen Leben noch verdient.«

»Die Großmutter«, sagte Arnold, als wir hineingetreten waren, »kann es nicht lassen, den Jüngeren behilflich zu sein. – Aber«, fuhr er zu dieser fort, »Ihr wißt es wohl, dem Schulzen ist es schon eine Freude, daß Ihr noch da seid und daß er und die Kinder Euch noch sehen, wenn sie von der Arbeit heimkommen.«

»Freilich, Hinrich, freilich«, erwiderte die Alte; »aber es erträgt einer doch nicht allzeit, wenn der andere so überzählig nebenher geht.« – Sie hatte währenddes zu dem Antlitz ihres Enkels emporgeblickt. »Du siehst nur schwach aus, Hinrich«, sagte sie, »das kommt von all dem Bücherlesen. – Er hätte es besser haben können«, fuhr sie dann zu uns gewendet fort; »denn sein Vater war doch der Älteste zum Hof, und er war wieder der Älteste. Aber der Vater wurde studiert; da muß nun auch der Sohn bei fremden Leuten herum sein Brot verdienen.«

Arnold lächelte; der Oheim sandte ihr einen beobachtenden Blick nach, als sie bei diesen Worten aus der Tür ging. Bald aber kam sie mit einigen Gläsern Buttermilch zurück, die Arnold für uns erbeten hatte.

In der Stube, die nicht zum täglichen Gebrauch bestimmt schien, standen mehrere sehr große Tragkisten an den Wänden, grün oder rot gestrichen, mit blankem Messingbeschlag, die eine auch mit leidlicher Blumenmalerei versehen; so daß fast nur auf der unter dem Fenster hinlaufenden Bank sich Platz zum Sitzen fand. Ich wollte der Alten eine Güte tun. »Ihr seid hier schön eingerichtet; mit all den saubern Kisten!« sagte ich.

Sie sah mich forschend an. »Meinen Sie das?« erwiderte sie, »ich dächte, ein paar eichene Schränke, daneben noch ein Stuhl oder ein Kanapee Platz hätte, wären doch wohl besser; aber es ist einmal die Mode so.«

Der Oheim nahm schweigend eine Prise, indem er mit seinen verschmitztesten Augen zu mir hinüberblickte. Die Alte war nach der Tür gegangen, um von einem über derselben befindlichen Brettchen einen Apfel für meinen Bruder herabzuholen. Da sie nicht hinauflangen konnte, trug ich rasch einen Stuhl herbei, stieg hinauf und reichte ihr den Apfel; zugleich erfreut, dadurch eine Verlogenheit zu verbergen, die ich nicht zu unterdrücken vermochte. Sie ließ mich ruhig gewähren. »Ja«, sagte sie, während sie dem kleinen Kuno den Apfel in die Hand drückte, »das hat jüngere Beine, da kann man nicht mehr mit.« Als ich aber bald darauf die strengen Augen der alten Bäuerin mit dem Ausdruck einer milden Freundlichkeit auf mich gerichtet sah, war mir unwillkürlich, als habe ich etwas gewonnen, das ebenso wertvoll als schwer erreichbar sei.

Bald darauf verließen wir die Stube und besahen die Einrichtung des Gebäudes, vorab den großen, Sauberkeit und Frische atmenden Milchkeller, wie Arnold bemerkte, das eigentliche Staatszimmer unserer Bauern. Dann, während die Alte bei dem künftigen Hoferben zurückblieb, traten wir aus dem Eingangstor ins Freie, unter den Schatten der alten vollbelaubten Eichen. »Ihre Großmutter ist eine Frau von wenig Komplimenten«, sagte der Oheim im Gehen; »aber man weiß nun doch, wo Sie zu Hause sind.«

Arnold ergriff für einen Augenblick die Hand des alten Herrn, die dieser, ohne aufzublicken, ihm gereicht hatte.

Vor uns, seitwärts von dem Hauptgebäude, lag das jetzt leerstehende Abnahmehäuschen. Auf einer Wiese dahinter befanden sich die Reste eines im Viereck gezogenen lebendigen Zaunes, welche die Neugierde meines Bruders erregten. Auch ein Paar Pfähle standen noch in den Büschen, zwischen denen einst ein Pförtchen den Eingang in den kleinen Raum verschlossen haben mochte. »Es ist ein Bienenhof«, sagte Arnold, »den mein Vater als Knabe vor vielen Jahren angelegt hat. Als sein Bruder später das Gut erhielt, hatte er zwar weder Zeit noch Lust, den Betrieb des jungen Bienenvaters fortzusetzen; aber er ließ den Zaun zu seinem Angedenken stehen, und mir zuliebe hat es auch der Schulze so gelassen.«

Vor uns lag, so weit das Auge reichte, eine ausgedehnte Wiesenfläche, hie und da durch lebendige Hecken oder einzelne Baumgruppen unterbrochen. Arnold wies mit der Hand hinaus und sagte: »Hier ist es mir seltsam ergangen. Als zwölfjähriger Knabe, da ich in den Sommerferien bei dem Oheim auf Besuch war, wanderte ich eines Morgens mit meinem einige Jahre älteren Vetter, dem jetzigen Schulzen, da hinab in die Wiesen. Wir gingen immer gradeaus, mitunter durch ein Gebüsch brechend, das unsern Weg durchschnitt. Ich blies dabei auf einer Pfeife, die mir mein Vetter aus Kälberrohr geschnitten hatte; auch ist mir noch wohl erinnerlich, wie an einigen Stellen das Auftreten auf dem sumpfigen, mit weißen Blumen überwachsenen Boden mir ein heimliches Grauen erregte. Nach einer Viertelstunde etwa kamen wir in einen dichten Laubwald, und nach der Sommerhitze draußen empfing uns eine plötzliche Schattenkühle; denn der Sonnenschein spielte nur sparsam durch die Blätter. Mein Vetter war bald weit voran; ich vermochte nicht so schnell fortzukommen, wegen des Unterholzes, das überall umherstand. Mitunter hörte ich ihn meinen Namen rufen, und ich antwortete ihm dann auf meiner Pfeife. Endlich trat ich aus dem Gebüsch in eine kleine sonnige Lichtung. Ich blieb unwillkürlich stehen; mich überkam ein Gefühl unendlicher Einsamkeit. Es war so seltsam still hier; ein paar Schmetterlinge gaukelten lautlos über einer Blume, der Sonnenschein lag schimmernd auf den Blättern, und ein schwerer, würziger Duft schien wie eingefangen in dem abgeschiedenen Raume. In der Mitte desselben auf einem bemoosten Baumstumpf lag eine glänzend grüne Eidechse und sah mich wie verzaubert mit ihren goldenen Augen an. – – Ich weiß dies alles genau; ich weiß bestimmt, daß wir vom Bienenhof hier in grader Richtung über die Wiesen fortgegangen sind. Und doch lacht der Schulze mich aus, wenn ich ihn jetzt daran erinnere; denn dort hinunter liegt kein Wald und hat auch seit Menschengedenken keiner mehr gelegen. – Wo aber bin ich damals denn gewesen?«

»Vielleicht dort nach der andern Seite hin«, sagte mein Oheim.

»Dann hätte der Weg nicht über die Wiesen führen können.«

»Hm; eine grüne Eidechse? Ich habe hier herum so eine noch nicht gefunden. – Wissen Sie, Herr Arnold, es ist doch gut, daß Sie nicht der Schulze hier geworden sind. Sie sind ja ein Phantast, trotz der Anna da mit ihren alten Bildern.«

Ich weiß nicht, weshalb wir beide rot wurden, als der Oheim uns bei diesen Worten eines nach dem andern ansah; aber ich bemerkte noch, wie Arnold mit jener leichten Bewegung den Kopf schüttelte und wie zur Abwehr das Haar mit der Hand zurückstrich.

Auf dem Heimwege, den wir bald darauf antraten, wurde wenig zwischen uns gesprochen. Der kleine Kuno saß bald schlafend in meinem Arm; mir war still und friedlich zu Sinne. Als wir zu Hause anlangten, lagen schon die bräunlichen Tinten des Abends am Horizont, und einzelne Sterne drangen durch den Himmel.

Der Sommer ging auf die Neige, während das Leben im Schlosse seinen ruhigen einförmigen Verlauf nahm. Arnold und sein kleiner Schüler schienen immer mehr Gefallen aneinander zu finden; denn der Knabe lernte leicht und willig, wenn die Unterrichtsstunden auch mitunter durch seine Kränklichkeit unterbrochen wurden. Auffallend schwer wurde ihm dagegen das Auswendiglernen alter Kirchenlieder, von denen er an jedem Sonntagmorgen einige Verse vor dem Vater in dessen Zimmer aufsagen mußte. – Eines Vormittags wollte ich, um ihn zu ermutigen, das ihm aufgegebene Lied von Nicolai gleichfalls auswendig lernen. Ich war in den Rittersaal hinaufgegangen; bald aber trat ich durch die offenstehende Tür in das Zimmer des Oheims, der wie gewöhnlich um diese Zeit im Lehnstuhl an seinem Tische saß. Er warf einen flüchtigen Blick zu mir hinüber und fuhr dann schweigend fort, die am vorhergehenden Tage gefangenen Insekten auf einer Korktafel auszuspannen. Ich ging mit meinem Buche im Zimmer auf und ab, erst leise und allmählich lauter die Worte des Gesanges vor mir hermurmelnd. So kam ich an den dritten Vers:

> Geuß sehr tief in mein Herz hinein,
> Du heller Jaspis und Rubein,
> Die Flammen deiner Liebe.

Mein Onkel erhob plötzlich den Kopf und sah mich scharf durch seine großen Brillengläser an. »Tritt her!« sagte er. »Was lernst du da?« Als ich Folge geleistet hatte, zeigte er mit dem Finger auf einen schwarzen Käfer, der mit aufgesperrten Kiefern an der Nadel steckte. »Weißt du«, fuhr er fort, »wie der Carabus den Maikäfer frißt?« – – Und nun begann er mit unerbittlicher Ausführlichkeit die grausame Weise darzulegen, womit dies gefräßige Insekt sich von andern seinesgleichen nährt. – Ich hatte selbst so etwas in unserm Garten wohl gesehen, aber es hatte weitere Gedanken nicht in mir angeregt. Meine Augen hingen regungslos an den Lippen des alten Mannes; es überfiel mich eine unbestimmte Furcht vor seinen Worten.

»Und das, mein Kind«, sprach er weiter, indem er jedes seiner Worte einzeln betonte, »ist die Regel der Natur. – – Liebe ist nichts als die Angst des sterblichen Menschen vor dem Alleinsein.«

Ich antwortete nicht; mir war plötzlich, als wäre der Boden unter meinen Füßen fortgezogen worden. Der Ausdruck meines Gesichts mochte das verraten haben, denn auch mein Oheim schien über die Wirkung seiner Worte bestürzt zu werden. »Nun, nun«, sagte er, indem er mich sanft in seinen Arm nahm; »es mag vielleicht nicht so sein; nur etwas anders doch, als es dort in deinem Katechismus steht.« – –

Aber die Worte wühlten in mir fort; mein Herz hatte in der Einsamkeit so oft nach Liebe geschrien, während ich in den weiten Gemächern des Hauses umherstrich, wo nie die Hand einer Mutter nach der meinen langte. Um die Mittagszeit sah ich die Leute von der Feldarbeit zurückkehren. Mir war, als müßte der Ausdruck der Trostlosigkeit auf allen Gesichtern zu lesen sein; aber sie schlenderten wie gewöhnlich gleichgültig und lachend über den Hof.

Am Nachmittage, als müßte ich ihn zwingen weiterzureden, trieb es mich wieder nach dem Zimmer des Oheims. Die Tür stand offen, aber er selbst war nicht dort. – Mitten auf der Diele lag eine schwarze Katze, eine gefangene Maus zwischen den Krallen, die sich in der Nachmittagsstille hervorgewagt haben mochte. Ich blieb auf der Schwelle stehen und schaute grübelnd zu. Die Katze begann ihr Spiel zu treiben; sie zog die Krallen ein, und die Maus rannte hurtig über die Dielen und an den Wänden entlang. Aber die grünen glimmenden Augen hatten sie nicht losgelassen; ein heimliches Spannen der Muskeln, ein Satz, und wieder lag das Raubtier da, mit dem glänzenden Schwanz den Boden fegend, die gefangene Maus vorsichtig mit den spitzen Zähnen fassend. Sie war noch nicht aufgelegt, ein Ende zu machen; das Spiel begann von neuem. Manchmal, wenn sie die kleine entrinnende Kreatur immer wieder mit der zierlich gekrümmten Pfote an sich riß, wollte mich fast das Mitleid überwältigen; aber ein Gefühl, halb Trotz, halb Neugier, hielt mich jedesmal zurück.

Während ich so für mich hinbrütend dastand, hörte ich die gegenüberliegende Tür gehen, indes die Katze mit ihrem noch lebenden Opfer davonsprang. »Sie, gnädiges Fräulein!« sagte eine jugendliche Stimme; und als ich aufblickte, sah ich Arnold vor mir stehen, der seit einiger Zeit mit dem Oheim viel verkehrte. Da ich ihm nichts erwiderte, so machte er eine Bewegung, als wollte er sich entfernen; plötzlich aber, als habe er auf meinem Antlitz die Hilflosigkeit meines Innern gelesen, zögerte er wieder und sagte fast demütig: »Kann ich Ihnen in irgend etwas dienen, Fräulein Anna?«

Es war ein Ausdruck in seinen Augen, der mich reden machte. Ich trat an den Tisch und zeigte ihm des Oheims Spannbrett, auf welchem noch der schwarze Käfer steckte.

»Befreien Sie mich von dem«, sagte ich, »und – von der schwarzen Katze!« Und als er mich zweifelnd ansah, erzählte ich ihm, was mir am Vormittage hier geschehen und was soeben vor meinen Augen vorgegangen war. Er hörte mich ruhig an. »Und nun?« fragte er, als ich zu Ende war.

»Ich habe bisher noch immer den Finger des lieben Gottes in meiner Hand gehalten«, sagte ich schüchtern.

Seine Augen ruhten eine Weile wie prüfend auf mir. Dann sagte er leise: »Es gibt noch einen andern Gott.«

»Aber der ist unbegreiflich.«

Ein mildes Lächeln glitt über sein Antlitz. »Das sind noch die Kinderhände, die nach den Sternen langen.« – Er stand einige Augenblicke in Nachdenken verloren; dann sagte er: »In der Bibel steht ein Wort: So ihr mich von ganzem Herzen suchet, so will ich mich finden lassen! – Aber sie scheinen es nicht zu verstehen; sie begnügen sich mit dem, was jene vor Jahrtausenden gefunden oder zu finden glaubten.« – Und nun begann er mit schonender Hand die Trümmer des Kinderwunders hinwegzuräumen, das über mir zusammengebrochen war; und indem er bald ein Geheimnis in einen geläufigen Begriff des Altertums auflöste, bald das höchste Sittengesetz mir in den Schriften desselben vorgezeichnet wies, lenkte er allmählich meinen Blick in die Tiefe. Ich sah den Baum des Menschengeschlechtes heraufsteigen, Trieb um Trieb, in naturwüchsiger ruhiger Entfaltung, ohne ein anderes Wunder als das der ungeheuren Weltschöpfung, in welchem seine Wurzeln lagen.

Die Begeisterung hatte seine Wangen gerötet, seine Augen glänzten; ich horchte regungslos auf diese Worte, die wie Tautropfen in meine durstige Seele fielen. Da, als ich zufällig aufblickte, sah ich meinen Oheim an dem gegenüberliegenden Fenster stehen, scheinbar an den Käfigen seiner Vögel beschäftigt; als aber jetzt auch Arnold den Kopf zu ihm wandte, hob er drohend den Finger. »Wenn das meine brüderliche Exzellenz wüßte!« sagte er. »Steht denn der Unterricht auch in dem allerhöchst genehmigten Stundenplan? – Nun, nun«, fuhr er lächelnd fort, »ich werde das nicht verraten!« Dann trat er an den Tisch, und indem er mit einer gewissen Feierlichkeit seine Hand über die darauf liegenden Werke der neueren Naturforscher hingleiten ließ, sagte er halblaut, wie zu sich selber: »Das sind die Männer, die ihn suchen, von denen er sich wird finden lassen; aber der Weg ist lang und führt oftmals in die Irre.« – – –

Ich gedenke noch, wie dieser Tag sich neigte. – Das Abendrot leuchtete an den Wänden der Wohnstube; mein kleiner Bruder, der an dem Tischchen in der Fensternische saß und über den Hof in den Garten hinabblickte, wollte noch gern einmal ins Freie; aber ich und »der liebe Arnold« sollten mit. Da mein Vater auswärts war, so ließ die Tante sich bereden. Nachdem Arnold von seinem Zimmer herabgekommen, packten wir den Knaben in sein Rollstühlchen und ließen es durch den Diener in den Garten bringen. Aber dann durfte wiederum niemand anfassen als Arnold und ich; und so schoben wir denn, jeder mit einer Hand, das kleine Gefährte in der breiten Lindenallee auf und ab. Die Tante mit ihrem Filettüchlein um den Kopf ging nebenher und zog mitunter das Mäntelchen dichter um die Füße des Knaben. Aber kaum ein Wort wurde gewechselt; es war still bis in die weiteste Ferne; nur mitunter sank leise ein Blatt aus dem Gezweig zur Erde, und oben über den Wipfeln war das stumme, ruhelose Blitzen der Sterne. Das Kind saß zusammengesunken und träumend in seinen weichen Kissen; nur einmal richtete es sich auf und rief: »Arnold, Anna! da flog ein Goldkäferchen, ganz oben bei den Sternen!«

»Das war eine Sternschnuppe, mein Kind«, sagte Tante Ursula.

Ich sah, wie Arnold den Kopf zu mir wandte; aber wir sprachen nicht; wir fühlten, glaub ich, beide, daß dieselben Gedanken uns bewegten. Als wir bald darauf mit dem schlafenden Kinde in das Haus zurückgekehrt waren, stand ich noch lange am Fenster und blickte in die Nacht hinaus. Es war ein Gefühl ruhigen Glückes in mir; ich weiß nicht, war es die neue, bescheidenere Gottesverehrung, die jetzt in meinem Herzen Raum erhielt, oder gehörte es mehr der Erde an, die mir noch nie so hold erschienen war.

Im September hatten wir, da in den unteren Zimmern eine Reparatur vorgenommen wurde, uns oben in dem großen Bildersaale eingerichtet. Es war an einem Sonntagvormittage. Am Abend sollte in der Stadt die Einweihung des neuerbauten Rathauses mit festlichen Aufführungen und darauffolgendem Ball begangen werden. Mein Vater, der guter Laune war, da das erhoffte Königsbild seit einigen Tagen nun wirklich in seinem Zimmer hing, hatte auf die Einladung der städtischen Behörde für uns alle zugesagt. Die Oberforstmeisterin von dem uns zunächst gelegenen Gute und eine bei ihr lebende Schwester, welche den nach meiner Rückkehr abgestatteten Besuch noch nicht erwidert hatten, wurden zu Tisch erwartet. Die Damen waren gleichfalls eingeladen und wollten am Abend gemeinschaftlich mit uns zur Stadt fahren.

Ich saß mit einer Handarbeit am Fenster. Arnold, mit dem ich zuvor gesungen hatte, stand noch im Gespräche neben mir. Er hatte mich eben auf den Abend um einen Tanz gebeten, als meine Tante mit den erwarteten Gästen in den Saal trat. Die Oberforstmeisterin war ein stattliche Dame in mittleren Jahren; ihre Augen waren beständig halb geschlossen, als sei die Welt ihres vollen Blicks nicht wert, und ich dachte immer, ihr Fuß müsse jedes kleine Geschöpf auf ihrem Wege zertreten; sowenig sah sie, was unter ihr am Boden war. Aber die Fältchen um ihre Augen verschwanden, als sie auf mich zukam; sie küßte mich, sie war entzückt von der Frische meines Teints und dem Glanz meiner Augen; in ihrer matten Sprechweise überschüttete sie mich mit Zärtlichkeiten. Meine Tante hatte ihr Arnolds Namen genannt, und sie hatte, während sie das Gespräch mit mir fortsetzte, seine Verbeugung leicht und höflich erwidert.

»Ist der junge Mann ein Verwandter des Herrn von Arnold auf Grünholz?« fragte sie mich nach einiger Zeit.

Ich hatte nicht den Mut, es einfach zu verneinen, als ich in das hochmütige Gesicht dieser Frau blickte. »Ich glaube kaum«, sagte ich leise; »er hat uns nicht davon gesprochen.«

Aber er mußte meine Lüge gehört haben; denn schon war er näher getreten, und während ich seinen ernsten Blick auf meinen niedergeschlagenen Augen zu fühlen glaubte, hörte ich ihn sagen: »Ich heiße Arnold, gnädige Frau, und bin seit einigen Monaten der Lehrer des jungen Barons.«

Die Oberforstmeisterin ließ wie musternd ihre Augen über ihn hingleiten. »So?« sagte sie trocken; »der Kleine macht Ihnen gewiß recht große Freude!« Dann wandte sie sich mit einem verbindlichen Lächeln zu meiner Tante und begann mit dieser ein Gespräch.

Arnold blickte ruhig über sie hin; es war ein Ausdruck der Verwunderung in seinen dunkeln Augen.

Bald darauf ging meine Tante mit den beiden Damen nach ihrem Zimmer. Ich blieb bei meiner Arbeit am Fenster sitzen; Arnold stand neben dem offenen Klavier. Keiner von uns sprach; es war wie beklommene Luft im Zimmer. »Singen Sie doch etwas«, sagte ich endlich; »ein Volkslied, oder was Sie wollen!«

Er setzte sich, ohne zu antworten, ans Klavier, und nach ein paar leidenschaftlichen Akkordenfolgen sang er in bekannter Volksweise:

> Als ich dich kaum gesehn,
> Mußt es mein Herz gestehn,
> Ich könnt dir nimmermehr
> Vorübergehn.

Fällt nun der Sternenschein
Nachts in mein Kämmerlein,
Lieg ich und schlafe nicht,
Und denke dein.

Die Melodie hatte ich oft gehört; aber der Text war ein anderer. Mir kam eine Ahnung, daß diese Worte mir galten; ich fühlte, wie seine Stimme bebte, als er weitersang. Aber die Worte klangen süß, daß ich wie träumend die Arbeit ruhen ließ.

Ist doch die Seele mein
So ganz geworden dein,
Zittert in deiner Hand,
Tu ihr kein Leid!

Er sang die Strophe nicht zu Ende; er war aufgesprungen und stand vor mir. »Fräulein Anna«, sagte er, und in seiner Stimme klang noch die ganze Aufregung des Gesanges; »weshalb verleugneten Sie mich vor jener Frau?«

»Arnold!« rief ich. »Oh, bitte, Arnold!« Denn die Worte hatten mich grade ins Herz getroffen.

Als ich aufblickte, fuhr ein Strahl von Stolz und Zorn aus seinen Augen. Ich konnte es nicht hindern, daß mir die Tränen über die Wangen liefen und auf meine Arbeit herabfielen. Er sah mich einen Augenblick schweigend an; dann aber verschwand der Ausdruck der Heftigkeit aus seinem Antlitz. »Weinen Sie nicht, Anna«, sagte er; »es mag schwer zu überwinden sein, wenn einem die Lüge schon als Angebinde in die Wiege gelegt ist.«

»Welche Lüge? Was meinen Sie, Herr Arnold?«

Seine Augen ruhten mit einem Ausdruck des Schmerzes auf mir. »Daß man mehr sei als andere Menschen«, sagte er langsam. »Wer wäre so viel, daß er nicht einmal auf Augenblicke dadurch herabgezogen würde!«

»O Arnold«, rief ich, »Sie wollen alles in mir umstürzen!«

Er sah mich wieder mit jenen resoluten Augen an, als da ich zum ersten Mal ihm gegenüberstand; und jetzt plötzlich wußte ich es, was mich so vertraut aus diesem Antlitz ansprach. Ich schwieg; denn mir war, als fühlte ich das Blut in meine Wangen steigen. Dann aber, als er mich fragend anblickte, suchte ich mich zu fassen und wies mit der Hand nach jenem alten Familienbilde oberhalb der Tür. »Sehen Sie keine Ähnlichkeit?« fragte ich. »Der eine von jenen Knaben muß Ihr Vorfahr sein.«

Er warf einen flüchtigen Blick auf das Bild. »Sie wissen ja«, erwiderte er kopfschüttelnd, »ich gehöre nicht zu den Ihrigen.«

»Ich meine den Knaben, der den Sperling auf der Hand trägt«, sagte ich.

Ein Ausdruck des bittersten Hohnes flog über sein Gesicht. »Den Prügeljungen? – Das wäre möglich; meine Familie ist ja hier zu Haus.« Aber gleich darauf strich er mit jener leichten Kopfbewegung das Haar zurück und sagte fast weich: »Verzeihen Sie mir, Fräulein Anna; ich bin nicht immer gut.«

Ich war aufgestanden, und ich glaube, ich habe ihn mit meinen finstersten Augen angesehen. »Sie machen mir den Vorwurf«, erwiderte ich, »aber Sie selbst, meine ich, sind der Hochmütige!«

»Nein, nein«, rief er, indem er die Hand wie abwehrend von sich streckte, »das ist es nicht; ich schätze niemanden gering.«

Unser Gespräch wurde unterbrochen. Die Damen kamen zurück, und ich hatte Mühe, meine Aufregung zu verbergen.

Am Abend befanden wir uns alle, außer dem Oheim, der niemals eine Gesellschaft besuchte, in dem schönen, hell erleuchteten Rathaussaale der nächsten Stadt.

Es war eine Reihe von lebenden Bildern gestellt, welche die verschiedenen Epochen der städtischen Entwicklung zur Anschauung bringen sollten. Nun wurde der Saal geräumt, um Platz zum Tanzen zu gewinnen; jung und alt stand umher, sich über die eben beendigten Aufführungen unterhaltend. »Scharmant; in der Tat scharmant!« hörte ich die Stimme meines Vaters; ich sah ihn bald mit diesem, bald mit jenem in verbindlicher Weise konversieren; er lächelte, er bot den Herren seine Dose; es schien überall eine harmlose Gegenseitigkeit zu walten. Ich hatte mich Arnold zum ersten Tanz versagt; mir klopfte das Herz; denn ich hatte seit lange nicht und niemals noch mit ihm getanzt. Meine gesangskundige Freundin hatte sich zu mir gefunden; wir hatten Arm in Arm gelegt und wandelten unter den brennenden Kronleuchtern plaudernd auf und ab. Während schon die Musikanten ihre Geigen stimmten, kam mein Vater auf uns zu. Er machte der jungen Dame über ihre Mitwirkung in den gestellten Bildern ein Kompliment und sagte dann wie beiläufig: »Du wirst dich fertigmachen müssen, Anna; der Wagen ist vorgefahren.«

»Was, Sie wollen schon fort? – Anna! Die Uhr ist ja kaum erst zehn!« rief das junge Mädchen.

Mein Vater neigte sich höflich zu ihr. »Wir müssen herzlich bedauern; aber ich hoffe, Sie werden uns recht bald bei uns zu Hause das Vergnügen machen.«

Mir quoll das Herz, aber ich schwieg; es konnte mich nicht überraschen, was geschah; ich hatte es in meiner Freude nur vergessen.

Nun traten auch andere hinzu; und es erfolgten Bitten und freundliches Drängen von allen Seiten; mein Vater hatte vollauf zu tun, das alles in leicht hingeworfenen Worten abzulehnen. Die Vorwände waren zwar augenscheinlich nichtig; aber sie waren ja auch nicht darauf berechnet, Glauben zu erwecken. Man begann denn auch allmählich zu begreifen; es entstand eine Stille, und die Leute zogen sich einer nach dem andern zurück. Mein Vater wandte sich an seinen Hauslehrer. »Amüsieren Sie sich, liebster Herr Arnold, und haben Sie nur die Güte, dem Kutscher zu sagen, wann Sie geholt sein wollen.«

»Ich danke, Exzellenz; ich werde gehen.«

Dann brachen wir auf. Tante Ursula, die Oberforstmeisterin und ihre Schwester nahmen mich in ihre Mitte; so schritten wir an der schweigenden Gesellschaft vorbei den Saal hinab. Es waren Männer darunter, die den Stempel langjähriger ernster Gedankenarbeit auf der Stirn trugen, Jünglinge mit tiefen vornehmen Augen, Mädchen mit allem Stolz und aller Grazie der Jugend; wir aber waren etwas zu Apartes, um uns mehr als andeutungsweise mit ihnen zu bemengen. Im Vorübergehen sah ich den stillen Ausdruck der Kränkung auf manchem jungen Antlitz, auf manchem alten ein ruhiges Lächeln. Ich mußte die Augen niederschlagen; ich haßte – nein, ich verachtete, mit Füßen hätte ich sie von mir stoßen mögen, die mich zwangen, mich so vor mir selber zu erniedrigen.

Am andern Vormittag, da ich noch ganz erfüllt von solchen Gedanken in den Garten gegangen war, begegnete mir Arnold in dem hinteren Quergange der Lindenallee. Es lag eine finstere Trauer in seinen Augen, als er langsam auf mich zukam. Wie von innerer Gewalt gedrängt, streckte ich beide Hände gegen ihn aus. »Arnold!« rief ich, »das war nicht meine Schuld!«

Er ergriff sie und sah mir eine Weile voll und tief in die Augen. »Dank, Dank für dieses Wort«, sagte er, indem alle Düsterkeit aus seinem Angesicht verschwand; »es hat nicht helfen wollen, daß ich es mir selbst schon tausendmal gesagt habe.«

Dann gingen wir schweigend nebeneinander ins Schloß zurück; mir war, als sei eine Zentnerlast von meiner Brust gefallen, als ich jetzt wieder zu der Tante in den Saal trat.

Bald darauf wurde es eine trübe, einsame Zeit. Die Schwäche des kleinen Kuno nahm in einer Weise zu, daß der Arzt jeden Unterricht auf Jahre hinaus untersagte. – Infolgedessen verließ uns Arnold; er wollte nach der Residenz, um sich an der dortigen Universität als Dozent zu habilitieren.

Der kleine Kranke war fast nicht zu trösten; Arnold mußte ihm versprechen, daß er wiederkommen oder daß er ihn zu sich holen wolle, sobald seine Kräfte wieder zugenommen hätten. Wenn wir vorausgewußt hätten, daß schon nach einem Monat das kleine Bett leer stehen würde, er wäre wohl so lange noch geblieben.

An einem klaren Novembervormittag hielt unser Wagen unten auf dem Hofe, um ihn zur nahen Stadt zu bringen. Ich war, von einem Gefühl schmerzlicher Unruhe getrieben, in den Garten hinabgegangen; die Buchenhecken waren schon gelichtet, die letzten gelben Blätter wehten von den Bäumen.

Während ich in dem Gange hinter dem Laubschlosse auf und ab ging, sah ich Arnold in dem Hauptsteige herabkommen; er stand mitunter still und blickte um sich her; ich fühlte wohl, daß er mich suchte. Aber ich ging ihm nicht entgegen; ein Trotz, eine Wollust des Schmerzes überfiel mich; ich sollte ihn auf immer verlieren, so wollte ich auch diese letzten, armseligen Minuten von mir werfen. Ich schlich mich leise durch die Büsche in die Seitenallee und floh wie ein gejagtes Wild den Steig hinab. Unten durch eine Lücke des Zaunes schlüpfte ich in das angrenzende Gehölz. Dann, nachdem ich seitwärts durch die Bäume gegangen war, so weit, daß ich den Hauptgang des Gartens überblicken konnte, stand ich still und schlang den Arm um einen Tannenstamm. Ich sah noch, wie Arnold aus dem Garten trat, wie hinter ihm das eiserne Gittertor zuschlug. Ich rührte mich nicht; als ich nach einer Weile hörte, wie der Wagen über das Steinpflaster des Hofes rollte, warf ich mich auf den Boden und weinte bitterlich.

Da legte sich eine Hand sanft auf meine Schulter. Es war mein Oheim. »Komm«, sagte er, »komm, mein Kind; wir wollen noch einige Kiefernäpfel für meinen Kreuzschnabel suchen.« Er hob mich vom Boden auf und strich mit der Hand die trockenen Tannennadeln aus meinen Haaren; dann, während er einige Kienäpfel zwischen den Stämmen aufsammelte, führte er mich ins Haus und über eine Hintertreppe auf sein Zimmer. »So«, sagte er und drückte mich in seinen großen Lehnstuhl nieder und streichelte mir die Wangen, »besinne dich, mein Kind!« – Ein paarmal ging er, die Hände auf dem Rücken, im Zimmer auf und nieder; dann fütterte er den Kreuzschnabel und den lahmen Starmatz und machte sich draußen vor dem Fenster am Bauer des Käuzchens was zu tun; endlich kam er wieder zu mir zurück. »Es wird recht einsam für dich werden«, sagte er; »im Winter allein mit all den alten Menschen; aber um Ostern – ich hab es mir bedacht –, da reisen wir beide einmal – was meinst du von der Residenz? – Ich werde den Vetter bitten, daß er dich mit mir reisen läßt. – – Der Arnold ist dann auch dort«, setzte er wie beiläufig hinzu; »er kann uns umherführen; der Bursche muß ja dann schon überall Bescheid wissen.«

Als ich bei diesen Worten seine Augen mit dem Ausdruck der zartesten Fürsorge auf mich gerichtet sah, gedachte ich unwillkürlich der seltsamen Erklärung der Liebe, die er mir vor einiger Zeit und an derselben Stelle gegeben hatte. »Onkel«, sagte ich leise, während ich den Druck seiner Hand an der meinen fühlte, »ist denn das auch nur die Furcht vor dem Alleinsein?«

»Freilich«, erwiderte er, »was denn anders, Kind? – Mein lahmer Starmatz und der alte Herr mit den Brillenaugen dort draußen vor dem Fenster, es sind zuzeiten schon ganz unterhaltende Gesellen; aber sie gehören denn doch, wie Hegel sagt, zu dem schlechthin Fremdartigen; und – mitunter, glaub ich, verstehen sie mich nicht ganz.«

Ich sah ihn zärtlich an und schüttelte den Kopf.

»Nun, nun«, fügte er sanft hinzu, »vielleicht ist es auch die Furcht, daß du allein seist.«

– – – – – – – – – –

Hier brachen die beschriebenen Blätter ab.

Ein anderer Tag

Die schweren Fenstervorhänge des Wohnzimmers schienen heute fast
zu dunkel; denn draußen über dem Garten lag ein feuchter Oktober-
nachmittag. – Zwischen der Gutsherrin und ihrem jungen Verwandten
war soeben ein Gespräch verstummt, das von besonderer Bedeutung
gewesen sein mußte; denn während sie an ihren Schreibtisch ging und
das Heft hervornahm, woran sie vor einigen Wochen geschrieben hatte,
lehnte er in der Fensternische und blickte, augenscheinlich mit einer
schmerzlichen Verstimmung kämpfend, in den trüben Tag hinaus.

»Lies das, Rudolf, lies es jetzt gleich«, sagte sie, die Blätter vor ihm
auf die Fensterbank legend; »ich dachte, es sei nur für mich selbst, als
ich es niederschrieb; aber ich vertraue dir, und es wird gut sein, wenn
du weißt, wie es einst mit mir gewesen ist.«

Er nahm schweigend das Heft und begann zu lesen. Sie sah ihm eine
Weile zu; dann setzte sie sich in einen Sessel vor dem Kamin, in welchem der kühlen Jahreszeit wegen schon ein leichtes Feuer brannte. –
Sie durchdachte noch einmal den Inhalt des Geschriebenen, und unwillkürlich schrieb sie in Gedanken weiter. Wie Nebelbilder erhellten sich
einzelne Szenen ihrer Vergangenheit vor ihrem innern Auge und ver-
blaßten wieder. Als Rudolf einmal unter dem Lesen einen Blick nach
ihr hinüberwarf, sah er, wie sie die geballten Hände gegen ihre Augen
drückte. Es waren die Tage ihrer Hochzeit, die grell beleuchtet vor ihr
standen. Sie suchte mit körperlicher Gewalt der Bilder Herr zu werden,
die sich frech und meisterlos zu ihr herandrängten und nicht weichen
wollten. – Und es gelang ihr auch. Es wurde finster um sie her; ihr
war, als ginge sie durch den Bauch der Erde. Sie hörte vor sich einen
kleinen schlurfenden Schritt; in tödlicher Sehnsucht streckte sie die
Arme aus; sie wußte es, es war ihr totes Kind, das vor ihr ging, ganz
einsam durch die dichte Nacht; es konnte nicht fort, es hatte Erde auf
den kleinen Füßen. Aber wo war es? Ihre zitternden Hände griffen
umsonst in die leere Finsternis. – Da blickten ein Paar Augen durch
die Nacht; und es wurde wieder hell; denn diese Augen gehörten noch
dem Leben an. »Arnold«, sprach sie leise. – So hatte er sie angeschaut,
als die kleinen Augen ihres Kindes sich geschlossen, tröstlich und doch
ein Spiegel ihres Schmerzes; so auch, jahrelang nach jenem stummen
Abschiednehmen dort im Garten, als sie in der Residenz, mit ihrem

Gemahl in eine Gesellschaft tretend, ihn zum ersten Male wiedergesehen hatte. Sein Name war damals schon ein vielgenannter; er war ein Mann von »Distinktion« geworden, und auch hochgestellten Personen schmeichelte es, ihn unter ihren Gästen nennen zu können. So geschah es, daß sie sich von nun an zuweilen am dritten Orte sahen; bald aber kam er auch in ihr Haus, oft und öfter, zuletzt fast täglich, wenn auch nur auf Augenblicke. Was er für seine Vorlesungen, was er sonst zur Veröffentlichung niederschrieb, es war zuvor in geistigem Austausch zwischen ihnen hin und wider gegangen. Sie wurde allmählich sein Gewissen in diesen Dingen; er konnte ihrer Bestätigung kaum noch entbehren. – Mittlerweile war ihr Kind geboren und nach kaum Jahresfrist wieder gestorben. Sie hatten sich dadurch unwillkürlich nur um so fester aneinander geschlossen; sie ahnten wohl selber kaum, daß ihr Verhältnis allmählich ein Gegenstand des öffentlichen Tadels geworden sei. Auch dem Gemahl der jungen Frau schien dies verborgen geblieben; sein Amt vergönnte ihm nur geringe Zeit in seinem eigenen Hause; er suchte überdies nicht dort, sondern in den tausend kleinen Dingen bei Hofe den Schwerpunkt seines Lebens. – Endlich, wie es nicht ausbleiben konnte, kam ihnen selbst der Augenblick plötzlicher Erkenntnis. – Sie sah es noch, wie er damals die Blätter, aus denen er ihr gelesen, zusammenrollte, wie seine Hand zitterte und wie er durch die Tür verschwand. Kein Wort einer schmerzlichen Erklärung war zwischen ihnen laut geworden; aber sie wußten es beide, er, daß er nicht wiederkehren dürfe, sie, daß er nicht wiederkehren würde. – – Es war zu spät gewesen. Rastlos und heimlich hatte das Gerücht geschafft, und schon war auch das letzte Körnchen zugetragen, das die über ihren Häuptern drohende Lawine herabstürzte. Sie mußte in eine Trennung von ihrem Gemahl willigen; seine Stellung zum Hofe und zur Gesellschaft verlangten das. – Öde, trostlose Tage folgten.

– – – – – – – – – –

Rudolf hatte die Geschichte seiner Verwandten gelesen, soweit jene Blätter sie enthielten. Er blickte durch das Fenster den Buchengang hinab. Dort am Ende desselben hinter der Lindenallee lag der Tannenwald, in dem damals um einen ihm unbekannten Menschen von niedriger Herkunft ihre heißen Tränen geflossen waren. – »Und wie kam es dann später?« fragte er nach einer Weile, während er die Blätter aus der Hand legte.

Sie blickte auf, als müsse sie erst den Sinn zu dem Wortlaute finden, der eben an ihr Ohr gedrungen war. »Dann«, sagte sie endlich – »dann kam ein Augenblick der Schwäche.«

Rudolf nickte. »Ich weiß, du hast ihn wiedergesehen.«

Eine dunkle Röte bis unter das schwarze Haar überlief ihre Stirn. »Nein«, sagte sie »das war es nicht. Aber ich war so jung; ich duldete es, daß mich mein Vater einem fremden Mann zur Ehe gab.«

»Noblesse oblige!« erwiderte er leichthin. »Was hätte denn geschehen sollen?«

»Sprich nicht so, Rudolf; die Anmaßung wird nicht schöner dadurch, daß man sie als ein apartes Pflichtgebot formuliert.«

»Es hat sich so gefügt«, sagte er mit einer gewissen Strenge, »daß du durch diese Grundsätze gelitten hast.«

Sie nickte. »Oh«, rief sie, »ich habe gelitten! Und nach Jahren, als mein Herz bitter und mein Sinn hart geworden – es ist wahr, wir haben uns wiedergesehen; und jene armselige Ehe ist darüber fast zerbrochen. – Aber – sie logen, sie logen alle!« Sie war aufgesprungen und preßte zitternd ihre Hände gegeneinander. – »So«, rief sie, »so, Rudolf, habe ich mein Herz gehalten.«

»Und doch«, erwiderte er, »ich lebte damals viele Meilen von deinem Wohnorte, und doch habe ich auch dort gehört, wie sie es sich gierig in die Ohren raunten.« Er verstummte plötzlich, als habe er zuviel gesagt.

Aber sie blickte ihn finster an. »Sprich nur«, sagte sie; »ich weiß es alles, alles!«

Er sah ihr voll leidenschaftlicher Spannung in die Augen. »Und jenes Kind?« fragte er endlich.

»Es war das meine«, sagte sie, und ihre Stimme bebte vor Schmerz.

»Das deine; – und nicht auch das seine?«

Sie sah ihn mit weit aufgerissenen Augen an, während eine Flut von Tränen über ihr Gesicht stürzte; Trotz und Verachtung gegen die Menschen, die sie besudeln wollten, fraßen an ihrem Herzen. »Nein, Rudolf«, rief sie, »leider nein!« – Einen Augenblick stand sie hoch aufgerichtet; dann warf sie sich in den Lehnstuhl und drückte beide Hände vor die Augen.

Der junge Mann war neben ihr aufs Knie gesunken; sein Blick ruhte angstvoll auf ihren blassen Fingern, durch welche immer neue Tränen hervorquollen. Einmal erhob er die Hand, als wolle er die ihrigen herabziehen; aber er ließ sie wieder sinken. – Als sie ruhiger geworden, ließ sie einige Sekunden ihre Augen auf dem jungen Antlitz ruhen, aus dem die Anbetung wie ein Opfer zu ihr emporstieg. Bald aber lehnte sie den Kopf zurück und starrte mit zusammengezogenen Brauen gegen die Zimmerdecke. »Geh jetzt, Rudolf!« sagte sie leise.

Der junge Mann ergriff die Hand, die wie leblos in ihrem Schoße lag, und küßte sie. Dann stand er auf und ging.

Es war dämmerig geworden; ein greller Abendschein leuchtete an der Wand; aber in den Ecken und am Kamin dunkelte es schon, und allmählich wuchs die Dämmerung. Die in dem tiefen Lehnsessel ruhende Frauengestalt war kaum noch erkennbar; dann fiel ein bleiches Mondlicht über den getäfelten Fußboden. Draußen erhob sich der Wind. Er kam aus weiter Ferne; ihr war, als sähe sie, wie er drunten über die mondhelle Heide fegte, wie er die Wolkenschatten vor sich hertrieb; sie hörte es näher kommen, die Tannen sausten, die alten Linden der Gartenallee; und nun fuhr es gegen die Fenster und warf einen Schauer von abgerissenen Blättern an die Scheiben. – Der große Hund erhob sich von seinem Teppich und legte seinen Kopf auf ihren Schoß. Sie blickte eine Weile auf das glänzende Auge des Tieres; endlich sprang sie auf aus dem weichen Sessel und drückte mit beiden Händen das Haar an den Schläfen zurück, als wollte sie alles Träumen gewaltsam von sich abstreifen. »Ausharren!« rief sie leise. Dann trat sie zur Tür und zog die Klingelschnur; über sich hörte sie Rudolf in seinem Zimmer auf und ab gehen. Es wurde Licht gebracht. »Und was denn nun zunächst?« – Aber sie wußte es schon; nachdem sie noch einen Augenblick in das verglimmende Kaminfeuer geblickt hatte, setzte sie sich an ihren Schreibtisch. Nach einer Stunde stand sie auf und siegelte einen Brief; die Adresse lautete an Rudolfs Mutter.

Es wird Frühling

Es war Winter geworden und einsam. In dem Zimmer oben ließ sich kein Schritt mehr hören; Rudolf hatte, wie sie es gewollt, das Schloß verlassen. Draußen vor dem Fenster sauste es in den nackten Zweigen, und in der Dämmerung vernahm man vom Korridor her das Schrillen der Spitzmäuse, welche in den öden Gängen umherhuschten. Manchmal, wenn sie abends aus dem Wohnzimmer in ihr Schlafgemach trat, blieb sie wie angewurzelt auf der Schwelle stehen. »Eine Kammer zum Sterben!« Sie schauderte. »Aber man braucht nur stillzuhalten; die Natur besorgt es ganz von selber!«

Sie ging umher, grübelnd, ob das, was ihre Gedanken zu dem fernen Geliebten zwang, nur die geistige Übereinstimmung ihres Wesens oder nicht vielmehr jene berauschende Naturgewalt sei, der sie keine Berechtigung zugestehen wollte. So reifte in ihr der Entschluß, soviel sie selbst vermöge, die Wiederherstellung ihrer Ehe zu versuchen. Zu dem Ende schrieb sie an ihren Gemahl, ausführlich und mit aller Wahrhaftigkeit und aller Milde, deren sie fähig war; eine aussichtslose Arbeit jenem Manne gegenüber, für den die Ehe nur die Bedeutung eines äußeren Anstandsverhältnisses hatte.

Der Brief war abgesandt; aber ein Tag nach dem andern verging, es kam keine Antwort. Ruhelos wanderte sie umher in den weiten Räumen; das trübe Dunkel des Wintertags lastete auf ihr wie eine Schwermut, die sie nicht abzuwerfen vermochte.

Doch es wurde wieder heller in dem alten Hause. Um Weihnachten war Schnee gefallen und leuchtete in die Fenster. Eine freundliche Wintersonne begann zu scheinen. Eines Nachmittags war mit den Zeitungen ein Schreiben angelangt, das den Poststempel der Residenzstadt trug. Ihre Hände zitterten, als sie das Siegel brach. Einen Augenblick noch, und ein Schrei stieg aus ihrer Brust, wie es dem Erstickenden geschehen mag, wenn ihn plötzlich wieder der frische Strom der Luft berührt.

Sie hatte den Tod ihres Mannes gelesen.

Noch an demselben Tage reiste sie ab. – Einige Wochen vergingen; dann war sie wieder da. Während draußen allmählich der Schnee zerschmolz, wurde ein lebhafter Briefwechsel mit dem alten Oheim geführt; und endlich war es ausgemacht, sobald im Garten die Buchenhecken grün seien, wollte er kommen und sein altes Quartier beziehen; denn früher sei die große lebendige Vogelsammlung nicht zu transportieren. Als sie den Brief bekommen hatte, ging sie hinauf in das obere Stockwerk, durch den Saal in das einst so trauliche Zimmer des guten Oheims. Die Wände waren kahl, aber draußen vor dem Fenster hing noch der große Holzkäfig des Käuzchens. Sie ging wieder zurück; sie schloß eine Tür nach der andern auf, sie ging unten durch die ganze Zimmerreihe, die sie während ihrer Anwesenheit noch nicht betreten; die verlassenen dumpfigen Räume schienen ihr nicht öde; überall in ihnen war ja Raum für den Beginn eines neuen Lebens.

Und endlich kam der Frühling. – Über der schwarzen Erde sprang an Gebüsch und Bäumen das frische Grün hervor; im Garten an den Grasrändern der Buchenhecken stand es blau von Veilchen, und morgens und abends hörte man drüben vom Tannenwald die Amseln schlagen.

An einem solchen Tage wandelte die junge Schloßherrin in der Seitenallee ihres Gartens. Mitunter blickte sie über den niedrigen Zaun auf den Weg hinaus, oder jenseit desselben in die weite morgenhelle Landschaft. Zwischen den Feldern stand hie und da ein Baum, wie brennend im Sonnenfeuer; es war alles so licht, so heiter klangen die Grüße der vorübergehenden Arbeiter, und in der Luft schwammen die »süßen ahnungsreichen« Düfte des Frühlings.

Da sah sie zwei Männer aus dem Tannicht den Weg heraufkommen, ein Bursche vom Dorf trug ihnen das Gepäck nach. Der eine, dessen Haar völlig weiß war, blieb stehen und blickte, die Augen mit der Hand beschattend, nach dem Garten hinüber. Auch sein jüngerer Begleiter zögerte; er hatte den Hut abgenommen und schüttelte mit einer leichten Bewegung den Kopf, während er an den Schläfen das schlichte Haar zurückstrich. Dann kamen sie näher; und schon waren sie von ihr erkannt. »Arnold, Onkel Christoph!« rief sie und streckte weit die Arme ihnen entgegen. »Beide! Alle beide seid ihr da!«

Der alte Herr schwenkte seine Mütze. »Geduld, Geduld!« rief er zurück. »Erst um die Ecke dort, und dann über den Hof ins Haus! – Kommen Sie, Professor!« setzte er hinzu, indem er fürbaß schritt.

Aber Arnold war schon jenseit des niedrigen Zauns und hielt die Geliebte fest in seinen Armen.

»Ja so!« brummte der Alte, als er sich nach seinem Reisegefährten umsah. »Aber so geht's mit der Kameradschaft.« Dann schritt er, etwas langsamer als zuvor, den Weg hinauf, der nach dem Hoftor führte.

Arnold und Anna traten aus der Allee auf das Rondell hinaus, dem Laubschloß gegenüber, das hell von der Sonne beleuchtet vor ihnen lag. Er hatte ihre Hand gefaßt. So gingen sie den grünen Buchengang hinab, dem Hause zu. – Drinnen auf dem Korridor vor der Tür des Wohnzimmers trafen sie den Oheim wieder. Er schloß sein Lieblingskind in seine Arme; sie sah an seinen Lippen, daß er sprechen wollte; aber er schwieg und legte nur sanft die Hand auf ihren Kopf.

»So«, sagte er dann, als ob es ihn haste fortzukommen; »geht jetzt hinein; ich komme nach, ich muß einmal nach oben, mein altes Quartier zu revidieren.«

Sie hob ihr Haupt empor, das sie unter der Hand des alten Mannes gesenkt hatte, und blickte ihm nach, wie er eilig den Korridor hinabschritt und am Ende desselben in dem Treppenhause verschwand. Dann legte sie die Hand auf den Arm des Geliebten, der schweigend danebengestanden hatte. »Arnold«, sagte sie, »lebt denn die Großmutter auf dem Schulzenhofe noch?«

»Sie lebt; aber sie wartet nicht mehr den jungen Hinrich Arnold; es hat sich umgekehrt, sie sitzt in ihrem Lehnstuhl in der Stube, und der kleine Hinrich bedient jetzt seine Urgroßmutter.«

»So laß uns morgen zu ihr, damit auch von den Deinigen sich eine Hand auf unsere Häupter lege.«

Dann traten sie in das Wohnzimmer. Als er den offenstehenden Flügel sah, überkam es ihn plötzlich. Wie trunken griff er in die Tasten und sang ihr zu:

> Als ich dich kaum gesehn,
> Mußt es mein Herz gestehn,
> Ich könnt dir nimmermehr
> Vorübergehn!

Sie stand ihm lächelnd gegenüber und sah ihn groß mit ihren blauen Augen an, während sie wie träumend mit der Hand ihr glänzend schwarzes Haar zurückstrich. Er vermochte nicht weiterzusingen; er sprang auf und faßte sie mit beiden Händen und hielt sie weit vor sich hin; seine Augen ließen nicht von ihr, als könnten sie sich nicht ersättigen an ihrem Anblick. »Und nun?« fragte er endlich.

»Nun, Arnold, mit dir zurück in die Welt, in den hohen, hellen Tag!«
– –

Dann gingen sie Arm in Arm, zögernd, als müßten sie die Seligkeit jeder Sekunde zurückhalten, die breite Treppe in das obere Stockwerk hinauf. Als sie in den Rittersaal traten, kam ihnen der Oheim aus seinem Zimmer entgegen. Seine Gestalt war noch ungebeugt, und seine Augen blickten noch so innig wie vor Jahren. »Du brauchst einen Verwalter, Anna«, sagte er; »gegen freies Quartier werde ich diesen Posten übernehmen.«

Sie wollte Einwendungen machen. »Nein, nein, Anna, es wird nicht anders; ich bleibe hier und sehe nach dem Rechten.

Aber ich habe eine Bedingung; in den Sommerferien kommen der Herr und die Frau Professorin auf das Schloß, um meine Jahresrechnung abzunehmen!«

Sie gelobten das.

Über ihnen auf dem alten Bilde stand wie immer der Prügeljunge mit seinem Sperling, seitab von den geputzten kleinen Grafen, und schaute stumm und schmerzlich herab auf die Kinder einer andern Zeit.

Auf dem Staatshof

Ich kann nur einzelnes sagen; nur was geschehen, nicht wie es geschehen ist; ich weiß nicht, wie es zu Ende ging und ob es eine Tat war oder nur ein Ereignis, wodurch das Ende herbeigeführt wurde. Aber wie es die Erinnerung mir tropfenweise hergibt, so will ich es erzählen.

Die kleine Stadt, in der meine Eltern wohnten, lag hart an der Grenze der Marschlandschaft, die bis ans Meer mehrere Meilen weit ihre grasreiche Ebene ausdehnt. Aus dem Nordertor führt die Landstraße eine Viertelstunde Wegs zu einem Kirchdorf, das mit seinen Bäumen und Strohdächern weithin auf der ungeheueren Wiesenfläche sichtbar ist. Seitwärts von der Straße, hinter dem weißgetünchten Pastorate, geht quer durchs Land ein Fußsteig über die Fennen, wie hier die einzelnen, fast nur zur Viehweide benutzten Landflächen genannt werden; von einem Heck zum andern oder auf schmalem Steg über die Gräben, durch welche überall die Fennen voneinander geschieden sind.

Hier bin ich in meiner Jugend oft gegangen; ich mit einer andern. Ich sehe noch das Gras im Sonnenscheine funkeln und fernab um uns her die zerstreuten Gehöfte mit ihren weißen Gebäuden in der klaren Sommerluft. Die schweren Rinder, welche wiederkäuend neben dem Fußsteige lagen, standen auf, wenn wir vorübergingen, und gaben uns das Geleite bis zum nächsten Heck; mitunter in den Trinkgruben erhob ein Ochse seine breite Stirn und brüllte weit in die Landschaft hinaus.

Zu Ende des Weges, der fast eine halbe Stunde dauert, unter einer düsteren Baumgruppe von Rüstern und Silberpappeln, wie sie kein anderes Besitztum dieser Gegend aufzuweisen hat, lag der »Staatshof«. Das Haus war auf einer mäßig hohen Werfte nach der Weise des Landes gebaut, eine sogenannte Hauberg, in welcher die Wohnungs- und Wirtschaftsräume unter einem Dache vereinigt sind; aber die Graft, welche sich ringsumher zog, war besonders breit und tief, und der weitläufige Garten, der innerhalb derselben die Gebäude umgab, war vorzeiten mit patrizischem Luxus angelegt.

Das Gehöfte war einst nebst vielen andern in Besitz der nun gänzlich ausgestorbenen Familie van der Roden, aus der während der beiden letzten Jahrhunderte eine Reihe von Pfennigmeistern und Ratmännern der Landschaft und von Bürgermeistern meiner Vaterstadt hervorgegangen ist. Neunzig Höfe, so hieß es, hatten sie gehabt und sich im Übermut vermessen, das Hundert vollzumachen. Aber die Zeiten waren umgeschlagen; es war unrecht Gut dazwischengekommen, sagten die Leute; der liebe Gott hatte sich ins Mittel gelegt, und ein Hof nach dem andern war in fremde Hände übergegangen. Zur Zeit, wo meine Erinnerung beginnt, war nur der Staatshof noch im Eigentum der Familie, von dieser selbst aber niemand übriggeblieben als die alternde Besitzerin und ein kaum vierjähriges Kind, die Tochter eines früh verstorbenen Sohnes. Der letzte männliche Sprosse war als fünfzehnjähriger Knabe auf eine gewaltsame Weise ums Leben gekommen; auf der Fenne eines benachbarten Hofbesitzers hatte er ein einjähriges Füllen ohne Zaum oder Halfter bestiegen, war dabei von dem scheuen Tier in die Trinkgrube gestürzt und ertrunken.

Mein Vater war der geschäftliche Beistand der alten Frau Ratmann van der Roden. – Gehe ich rückwärts mit meinen Gedanken und suche nach den Plätzen, die von der Erinnerung noch ein spärliches Licht empfangen, so sehe ich mich als etwa vierjährigen Knaben mit meinen beiden Eltern auf einem offenen Wagen über den ebenen Marschweg dahinfahren; ich fühle plötzlich den Sonnenschein mit einem kühlen Schatten wechseln, der an der einen Seite von ungeheuren Bäumen auf den Weg hinausfällt; und während ich meinen kleinen Kopf über die Lehne des Wagenstuhls recke, um den breiten Graben zu sehen, der sich neben den Bäumen hinzieht, biegen wir grade in die Schatten hinein und durch ein offenstehendes Gittertor. Ein großer Hund fährt wie rasend an der Kette aus seinem beweglichen Hause auf uns zu; wir aber kutschieren mit einem Peitschenknall auf den Hof hinauf bis vor die Haustür, und ich sehe eine alte Frau im grauen Kleide, mit einem feinen, blassen Gesicht und mit besonders weißer Fräse auf der Schwelle stehen, während Knecht und Magd eine Leiter an den Wagen legen und uns zur Erde helfen. Noch rieche ich auf dem dunkeln Hausflur den strengen Duft der Alantwurzel, womit die Marschbewohner zur Abwehr der Mücken allabendlich zu räuchern pflegen; ich sehe auch noch meinen Vater der alten Dame die Hand küssen; dann aber verläßt mich die Erinnerung, und ich finde mich erst nach einigen Stunden wieder, auf Heu gebettet, eine warme sommerliche Dämmerung um mich her. Ich sehe an den aus Heu und Korngarben gebildeten Wänden empor, die um mich her zwischen vier großen Ständern in die Höhe ragen, so hoch, daß der Blick durch ein wüstes Dunkel hindurch muß, bis er aufs neue in eine matte Dämmerung gelangt, die zwischen zahllosen Spinngeweben aus einem Dachfensterchen hereinfällt. Es ist das sogenannte Vierkant, worin ich mich befinde. Der zum Bergen des Heues bestimmte Raum im Innern des Hauses, wovon das Hofgebäude in unsern Marschen die eigentümlich hohe Bildung des Daches und seinen Namen »Heuberg« oder »Hauberg« erhalten hat. – Es ist volle Sonntagsstille um mich her. Aber ich bin hier nicht allein; in der gedämpften Helligkeit, die durch die offene Seitenwand aus der angrenzenden Loodiele hereinfällt, steht ein Mädchen meines Alters; die blonden Härchen fallen über ein blaues Blusenkleid. Sie streckt ihre kleinen Fäuste über mir aus und bestreut mich mit Heu; sie ist sehr eifrig, sie stöhnt und bückt sich wieder und wieder. »So«, sagt sie endlich und atmet dabei aus Herzensgrunde, »so, nun bist du bald begraben!« Und wie ich eine Weile regungslos daliege, sehe ich durch die lose mich bedeckenden Halme, wie sie ihr Köpfchen zu mir niederbeugt und wie sie dann plötzlich kehrtmacht und sich zu einer alten Bäuerin hinarbeitet, die mit einem Strickstrumpf in der Hand uns gegenübersitzt. »Wieb«, sagt sie, indem sie der Alten die Hand von der Wange zieht, »Wieb, ist er tot?«

Was die Alte hierauf geantwortet, dessen entsinne ich mich nicht mehr; wohl aber, daß wir bald darauf durch einen dunkeln Gang auf den Hausflur und von dort eine breite Treppe hinauf in die oberen Räume des Hauses geführt wurden, in ein großes Zimmer mit goldgeblümten Tapeten, in welchem viele Bilder von alten weiß gepuderten Männern und Frauen an den Wänden hingen. Meine Eltern und die übrigen Gäste sind eben von einer gedeckten Tafel aufgestanden, die sich mitten im Zimmer unter einer großen Kristallkrone befindet. Bald sitze ich in eine Serviette geknüpft, der kleinen Anne Lene gegenüber; Wieb steht dabei und serviert uns von den Resten. Ich befinde mich sehr wohl; nur zuweilen stört mich ein Krächzen, das aus der Ferne zu uns herüberdringt. »Höre!« sag ich und hebe meine kleinen Finger auf. Die alte Wieb aber kennt das schon lange. »Das sind die Raben«, sagt sie, »sie sitzen im Baumgarten, wir wollen sie nachher besuchen.« Aber ich vergesse die Raben wieder; denn Wieb teilt zum Dessert noch die Zuckertauben von einer Konditortorte zwischen uns; nur scheint es nicht ganz unparteiisch herzugehen, denn Anne Lene erhält immer die Hahnenschwänze und die Kragentauben.

Etwas später sehe ich die Gesellschaft auf den geschlungenen Gartenwegen zwischen den blühenden Büschen promenieren; die alte Dame mit der Fräse, welche am Arme meines Vaters geht, beugt sich zu mir nieder und sagt, indem sie mir den Kopf aufrichtet: »Du mußt dich immer hübsch gradehalten, Kind!« – Ich glaube noch jetzt, daß von dieser kleinen Ermahnung sich der fast scheue Respekt herschreibt, den ich, solange sie lebte, vor dieser Frau behalten habe. Doch schon faßt Wieb mich bei der Hand und führt uns weit umher auf den sonnigen Steigen; zuletzt bis zur Graft hinunter, an der ein gerader Steig entlangführt. So gelangen wir zu einem Gartenpavillon, in welchem die Gesellschaft bei offenen Türen am Kaffeetische sitzt. Wir werden hereingerufen, und da ich zögere, nimmt meine Mutter einen Zuckerkringel aus dem silbernen Kuchenkorb und zeigt mir den. Aber ich fürchte mich; ich habe gesehen, daß das hölzerne Haus auf dünnen Pfählen über dem Wasser steht; bis endlich doch die vorgehaltene Lockspeise und die bunten Schäferbilder, die drinnen auf die Wände gemalt sind, mich bewegen hineinzutreten.

Mir ist, als hätte ich es mit einem besonders angenehmen Gefühl mit angesehen, wie Anne Lene von meiner Mutter auf den Schoß genommen und geküßt wurde. Späterhin mögen die Männer, wie es dort gebräuchlich ist, zur Besichtigung der Rinder auf das Land hinausgegangen sein; denn ich habe die Erinnerung, als sei bald eine Stille um mich gewesen, in der ich nur die sanfte Stimme meiner Mutter und andere Frauenstimmen hörte. Anne Lene und ich spielten unter dem Tisch zu ihren Füßen; wir legten den Kopf auf den Fußboden und horchten nach dem Wasser hinunter. Zuweilen hörten wir es plätschern; dann hob Anne Lene ihr Köpfchen und sagte: »Hörst du, das tut der Fisch!« Endlich gingen wir ins Haus zurück; es war kühl, und ich sah die Büsche des Gartens alle im Schatten stehen. Dann fuhr der Wagen vor; und in dem Schlummer, der mich schon unterwegs überkam, endete dieser Tag, von dem ich bei ruhigem Nachsinnen nicht außer Zweifel bin, ob er ganz in der erzählten Weise jemals dagewesen oder ob nur meine Phantasie die zerstreuten Vorfälle verschiedener Tage in diesen einen Rahmen zusammengedrängt hat.

Späterhin, als sich allmählich die Hilfsbedürftigkeit des Alters einstellte, zog die Frau Ratmann van der Roden mit ihrer Enkelin in die Stadt und ließ den Hof unter der Aufsicht des früheren Bauknechtes Marten und seiner Ehefrau, der alten Wieb. Vor dem Hause, welches sie einige

Straßen von dem unseren entfernt bewohnte, standen granitne Pfeiler-
steine, die durch schwere eiserne Ketten miteinander verbunden waren.
Wir Jungen, wenn wir auf unserm Schulwege vorübergingen, unterließen
selten, uns auf diese Ketten zu setzen und, mit Tafel und Ranzen auf
dem Rücken, einige Male hin und her zu schaukeln. Aber ich entsinne
mich noch gar wohl, wie wir auseinanderstoben, wenn einer von uns
das Gesicht der alten Dame hinter den Geranienbäumen am Fenster
gewahrte, oder gar, wenn sie mit einer gemessenen Bewegung den
Finger gegen uns erhoben hatte.

Desungeachtet ließ ich mir gern, was öfters geschah, vom Vater eine
Bestellung an sie auftragen. Ich weiß nicht mehr, war es das kleine
zierliche Mädchen, das mich anzog, oder war es die alte Schatulle, deren
Raritäten ich in besonders begünstigter Stunde mit ihr beschauen
durfte; die goldenen Schaumünzen, die seidenen, buntbemalten Fächer
oder oben auf dem Aufsatz der Schatulle die beiden Pagoden von chi-
nesischem Porzellan, die schon vom Flur aus durch die Fenster der
Stubentür meine Augen auf sich zogen. Am Sonnabendnachmittag
stellte ich mich regelmäßig ein, um die Frau Ratmann mit der kleinen
Anne Lene zum Sonntag auf den Kaffee einzuladen, was bis zur letzten
Zeit vor ihrem Absterben ebenso regelmäßig von ihr angenommen
wurde. Am Tage darauf präzise um drei Uhr hielt dann die schwere
Klosterkutsche vor unserer Haustreppe; unsere Mägde hoben die alte
Dame und ihr Enkelchen aus dem Wagen, und meine Mutter führte
sie in das Festzimmer des Hauses, das schon von dem Dufte des Kaffees
und des sonntäglichen Gebäckes erfüllt war. Wenn dann die Enveloppen
und Tücher abgelegt waren und die beiden Damen sich gegenüber an
dem sauber servierten Tische Platz genommen hatten, durften auch
wir Kinder uns an ein Nebentischchen setzen und erhielten unsern
Anteil an den »Eiermahnen« und »Bieschen«, oder wie sonst die schönen
Sachen heißen mochten. Mir ist indessen, wenn ich dieser Sonntagnach-
mittage gedenke, als sei ich niemals unglücklicher in den Versuchen
gewesen, meinen Kaffee aus der Ober- in die Untertasse umzuschütten;
und ich fühle noch die strengen Blicke, die mir die alte Dame von ihrem
Sitze aus hinübersandte, während meine Mutter mir meine kleine Ge-
spielin zum Muster aufstellte, von der ich mich nicht entsinne, daß sie
jemals beim Trinken die Serviette oder ihr weißes Kleid befleckt hätte.

Ein solcher Sonntagnachmittag, nachdem schon einige Jahre in dieser
Weise vorübergegangen waren, ist mir besonders im Gedächtnis geblie-

ben. – Ich hatte mich in dem angenehmen Bewußtsein des Feiertages in unserm Hofe umhergetrieben und war endlich in das Waschhaus gelangt, das am Ende desselben lag. Auch hier hatte sich der Sonntag bemerklich gemacht; die föhrenen Tische waren gescheuert, die holländischen Klinker, womit der Boden gepflastert war, sahen so feucht und frisch gespült aus; dabei war eine so liebliche Kühle, daß ich mich fast gedankenlos an einen Tisch lehnte und auf das träumerische Gackeln der Hühner lauschte, das aus dem anstoßenden Hühnerhof zu mir hereindrang. Nach einer Weile hörte ich drunten im Wohnhause aus der im Erdgeschoß befindlichen Küche das Kaffeegeschirr herauftragen, das Klirren der Tassen und Kaffeelöffel; und endlich vernahm ich auch von der Straße her das Anfahren der Kutsche und bald darauf das Aufschlagen der Haustür. Aber das süße Gefühl, die Nachmittagsfeier so ganz unangebrochen vor mir zu haben, ließ mich immer noch zögern, ins Haus hinabzugehen. Da vernahm ich das Summen des Fliegenschwarms, der in der Sonne an der offenen Tür gesessen. – Anne Lene war unbemerkt herangetreten. Noch sehe ich sie vor mir, die kleine leichte Gestalt, wie sie ruhig auf der Schwelle stand, den Strohhut am Bande in der Hand hin und her schwenkend, während die Sonne auf das goldklare Haar schien, das ihr in kleinen Locken um das Köpfchen ging. Sie nickte mir zu, ohne weiter heranzutreten, und sagte dann: »Du solltest hereinkommen!«

Ich kam noch nicht; meine Augen hafteten noch an dem weißen Sommerkleidchen, an der himmelblauen Schärpe und zuletzt an einem alten Fächer, den sie in der Hand hielt. »Willst du nicht kommen, Marx?« fragte sie endlich. »Großmutter hat gesagt, wir sollten einmal die Menuett wieder miteinander üben.«

Ich war das wohl zufrieden. Wir hatten vor einigen Wochen in der Tanzschule diese altfränkischen Künste auf den gemeinsamen Wunsch der Frau Ratmann und meines Vaters mit besonderer Sorgfalt eingeübt. Wir gingen also hinein; ich machte meine Reverenz vor Anne Lenes Großmutter und trank, um mich schon jetzt meiner zierlichen Partnerin würdig zu zeigen, meinen Kaffee mit besonderer Behutsamkeit. Späterhin, als mein Vater ins Zimmer getreten war und sich mit seiner alten Freundin in geschäftliche Angelegenheiten vertiefte, nahm meine Mutter uns mit in die gegenüberliegende Stube und setzte sich an das aufgeschlagene Klavier. Sie hatte den »Don Juan« aufs Tapet gelegt. Wir traten einander gegenüber, und ich machte mein Kompliment, wie der

Tanzmeister es mich gelehrt hatte. Meine Dame nahm es huldvoll auf, sie neigte sich höfisch, sie erhob sich wieder, und als die Melodie erklang: »Du reizest mich vor allen; Zerlinchen, tanz mit mir«, da glitten die kleinen Füße in den Korduanstiefelchen über den Boden, als ginge es über eine Spiegelfläche hin. Mit der einen Hand hielt sie den aufgeschlagenen Fächer gegen die Brust gedrückt, während die Fingerspitzen der anderen das Kleid emporhoben. Sie lächelte; das feine Gesichtchen strahlte ganz von Stolz und Anmut. Meine Mutter, während wir hin und her chassierten, uns näherten und verneigten, sah schon lange nicht mehr auf ihre Tasten; auch sie, wie ihr Sohn, schien die Augen nicht abwenden zu können von der kleinen schwebenden Gestalt, die in graziöser Gelassenheit die Touren des alten Tanzes vor ihr ausführte.

Wir mochten auf diese Weise bis zum Trio gelangt sein, als die Stubentür sich langsam öffnete und ein dickköpfiger Nachbarsjunge hereintrat, der Sohn eines Schuhflickers, der mir an Werkeltagen bei meinem Räuber- und Soldatenspiel die vortrefflichsten Dienste leistete. »Was will der?« fragte Anne Lene, als meine Mutter einen Augenblick innehielt. – »Ich wollte mit Marx spielen«, sagte der Junge und sah verlegen auf seine groben Nagelschuhe.

»Setz dich nur, Simon«, erwiderte meine Mutter, »bis der Tanz aus ist; dann könnt ihr alle miteinander in den Garten gehen.« Damit nickte sie zu uns hinüber und begann das Trio zu spielen. Ich avancierte; aber Anne Lene kam mir nicht entgegen; sie ließ die Arme herabhängen und musterte mit unverkennbarer Verdrossenheit den struppigen Kopf meines Spielkameraden.

»Nun«, fragte meine Mutter, »soll Simon nicht sehen, was ihr gelernt habt?«

Allein die kleine Patrizierin schien durch die Gegenwart dieser Werkeltags-Erscheinung in ihrer idealen Stimmung auf eine empfindliche Weise gestört zu sein. Sie legte den Fächer auf den Tisch und sagte: »Laß Marx nur mit dem Jungen spielen.«

Ich fühle noch jetzt mit Beschämung, daß ich dem schönen Kinde zu Gefallen, wenn auch nicht ohne ein deutliches Vorgefühl von Reue, meinen plebejischen Günstling fallenließ. »Geh nur, Simon«, sagte ich mit einiger Beklemmung, »ich habe heute keine Lust zu spielen!« Und der arme Junge rutschte von seinem Stuhl und schlich sich schweigend wieder von dannen.

Meine Mutter sah mich mit einem durchdringenden Blick an; und sowohl ich wie Anne Lene, als diese späterhin in ein näheres Verhältnis zu unserem Hause trat, haben noch manche kleine Predigt von ihr hören müssen, die aus dieser Geschichte ihren Text genommen hatte. Damals aber hatten die kleinen tanzenden Füße mein ganzes Knabenherz verwirrt. Ich dachte nichts als Anne Lene; und als ich ihr am Montage darauf ein vergessenes Arbeitskörbchen ins Haus brachte, hatte ich es zuvor ganz mit Zuckerplätzchen angefüllt, deren Ankauf mir nur durch Aufopferung meiner ganzen kleinen Barschaft möglich geworden war.

Etwa ein Jahr später kam ich eines Nachmittags auf der Heimkehr von einer Ferienreise an Anne Lenes Wohnung vorüber. Da die Haustüre offenstand, so fiel es mir ein, hineinzugehen, um eine Kleinigkeit, die ich unterwegs für sie eingehandelt hatte, schon jetzt in ihre Hand zu legen. Ich trat in den Flur und blickte durch die Glasscheiben der Stubentür; aber ich gewahrte niemanden. Es war eine seltsame Einsamkeit im Zimmer; der weiße Sand lag so unberührt auf der Diele, und drüben der Spiegel war mit weißen Damasttüchern zugesteckt. Während ich dies betrachtete und eine unbewußte Scheu mich hinderte hineinzutreten, hörte ich in der Tiefe des Hauses eine Tür gehen, und bald darauf sah ich meinen Vater mit einem schwarzgekleideten Kinde an der Hand auf mich zukommen. Es war Anne Lene; ihre Augen waren vom Weinen gerötet, und über der schwarzen Florkrause erschienen das blasse Gesichtchen und die feinen goldklaren Haare noch um vieles zärtlicher als sonst. Mein Vater begrüßte mich und sagte dann, indem er seine Hand auf den Kopf des Mädchens legte: »Ihr werdet jetzt Geschwister sein; Anne Lene wird als meine Mündel von nun an in unserem Hause leben, denn ihre Großmutter, deine alte Freundin, ist gestorben.«

Ich hörte eigentlich nur den ersten Teil dieser Nachricht, denn die bestimmte Aussicht, nun fortwährend in Gesellschaft des anmutigen Mädchens zu sein, erregte in meiner Phantasie eine Reihe von heiteren Vorstellungen, die mich den Ort, an welchem wir uns befanden, vollständig vergessen machten. Ich merkte es kaum, als Anne Lene ihre Arme um meinen Hals legte und mich küßte, während ihre Tränen mein Gesicht benetzten.

Einige Tage darauf fand das Leichenbegängnis statt, mit aller Feierlichkeit patrizischen Herkommens, so wie die Verstorbene es bei Lebzeiten in allen Punkten selbst verordnet hatte. Ich befand mich mit meiner Mutter und Anne Lene im Sterbehause. Noch sehr wohl erinnere ich mich, wie das Geläute der Glocken, die gedämpfte Redeweise, in der alle die schwarzen Leute miteinander verkehrten, und die kolossalen, florbehangenen Wachskerzen, welche brennend vor dem Sarge hinausgetragen wurden, ein angenehmes Feiertagsgefühl in mir erregten, das dem unwillkürlichen Grauen vor diesem Gepränge vollkommen die Waage hielt.

Am andern Tage begann der werktägige Gang des Lebens wieder. Anne Lene war nun zwar mit mir in einem Hause, aber die Zeit unseres Beisammenseins bestand nicht mehr wie sonst nur in sonntäglichen Spielstunden. Meine Hausarbeiten für das Gymnasium wurden von meinem Vater noch strenger überwacht als sonst, und Anne Lene war außer ihren Schulstunden meist unter der Aufsicht der Mutter beschäftigt. Während meiner Freistunden nahmen die eigentlichen Knabenspiele einen immer größeren Raum ein, und ich habe meine kleine Freundin nie bewegen können, unsere Räuberspiele mitzumachen oder auch nur in dem türkischen Zelte Platz zu nehmen, das ich von alten Teppichen in der Spitze eines Birnbaumes aufgeschlagen hatte.

Nur eine Freude blieb uns fast während unserer ganzen Jugend gemeinschaftlich. Die Ländereien des Staatshofes waren seit dem Tode der alten Frau Ratmann an einen benachbarten Hofbesitzer verpachtet, während man das Wohnhaus mit der Werfte unter der Aufsicht der alten Wieb und ihres Mannes ließ. Da der Hof nur eine halbe Stunde von der Stadt lag, so war uns ein für allemal erlaubt, sonntags nach Tische dorthinaus zu gehen. Und wie oft sind wir diesen Weg gegangen! Auf der ebenen Marschlandstraße bis zum Dorfe und dann seitwärts über die Fennen von einem Heck zum andern, bis wir die dunkle Baumgruppe des Hofes erreicht hatten, die schon beim Austritt aus der Stadt auf der weiten Ebene sichtbar war. Wie oft beim Gehen wandten wir uns um und maßen die Strecke, die wir schon zurückgelegt hatten, und sahen zurück nach den Türmen der Stadt, die im Sonnendufte hinter uns lagen! Denn mir ist, als habe an jenen Sonntagnachmittagen immer die Sonne geschienen und als sei die Luft über dieser endlosen grünen Wiesenfläche immer voll von Lerchengesang gewesen.

Den alten Eheleuten auf dem Hofe war im unteren Stock des Hauses ein früher von der Familie bewohntes Zimmer zur Benutzung angewiesen; allein sie bewohnten nach eigener Wahl nach wie vor das Gesindezimmer, da dieses mit dem Stall und den übrigen Wirtschaftsräumen

in Verbindung stand. Gewöhnlich kam uns der alte Marten in sonntäglich weißen Hemdärmeln schon vor dem Tore entgegen und reichte
uns in seiner schweigsamen Art die Hand; er konnte es nicht lassen,
nach seinen jungen Gästen auszusehen. Hatten wir uns etwas verspätet,
so trafen wir ihn wohl schon auf unserem Wege draußen auf den
Fennen, seinen unzertrennlichen Begleiter, den Springstock, auf der
Schulter; und während Anne Lene auf dem Fußbrett um die Hecken
ging, lehrte er mich, nach Landesweise über die Gräben zu setzen. Im
Zimmer drinnen pflegte dann auf dem langen blankgescheuerten Tische
schon der Kaffeekessel seinen Duft zu verbreiten, und die alte Wieb,
wenn sie mir die Hand gegeben und ihrem Lieblingskinde die heißen
Haare von der Stirn gestrichen hatte, schenkte uns viele Tassen ein, so
viele, als wir immer trinken konnten, und dann noch eine »fürs Nötigen«, wie sie sagte. Wenn wir uns auf diese Weise erquickt hatten und
das Geschirr wieder abgeräumt war, holte die Alte ihr Rad aus dem
Winkel hinter der Tragkiste hervor und begann zu spinnen. Sie ließ
dann wohl den Faden durch Anne Lenes Finger gleiten und zeigte uns
die Glätte und Feinheit desselben; denn, wie sie mir später einmal vertraute, es sollte aus dem Flachse, den sie sonntags spann, das Brautlinnen für ihre junge Herrschaft gewebt werden. – Aber es duldete uns
nicht lange neben ihr; wir ruhten nicht, bis sie uns ihr großes Schlüsselbund eingehändigt hatte, in dessen Besitz wir dann die dunkle
Treppe nach dem oberen Stockwerk hinaufstiegen und eine nach der
andern die Türen zu den verödeten Zimmern aufschlossen, in denen
die feuchte Marschluft schon längst an Decken und Wänden ihren
Zerstörungsprozeß begonnen hatte. Wir betraten diese Räume mit einer
lüsternen Neugierde, obgleich wir wußten, daß nichts darin zu sehen
sei als die halberloschenen Tapeten und etwa in dem einen Seitenzimmer
das leere Bettgestell der verstorbenen Besitzer. Wenn wir zu lange
blieben, rief die Alte uns wohl herunter und schickte uns in den Garten,
der vor dem Hause lag. Aber die Einsamkeit, die oben in den verlassenen Zimmern herrschte, war auch dort. Wohin man sehen mochte,
zwischen den hohen Sträuchern hing das Gespinst der Jungfernrebe;
über den mit Gras bewachsenen Steigen in den rotblühenden Himbeerbüschen hatten die Wespen ihre pappenen Nester aufgehangen. Obwohl
seit Jahren keine pflegende Hand dort gewaltet, so wuchs doch alles in
der größten Üppigkeit durcheinander, und mittags in der schwülen
Sommerzeit, wenn Jasmin und Kaprifolien blühten, lag die alte Hauberg

wie im Duft begraben. – Anne Lene und ich drangen gern aufs Gerate-
wohl in diesen Blütenwald hinein, um uns den Reiz eines gefahrlosen
Irregehens zu verschaffen; und nicht selten glückte es, daß wir uns nach
der feuchten Laube im Winkel des Gartens hinzuarbeiten meinten und
statt dessen unerwartet vor dem alten Pavillon standen, welcher jetzt
zur zeitweisen Aufbewahrung von Sommerfrüchten diente. Dann sahen
wir durch die erblindeten Fensterscheiben nach dem zärtlichen Schäfer-
paar hinüber, das noch immer, wie vor Jahren, auf der Mitte der Wand
im Grase kniete, und rüttelten vergebens an den Türen, welche von
der alten Wieb sorgfältig verschlossen gehalten wurden; denn der
Fußboden drinnen war unsicher geworden, und hier und dort konnte
man durch die Ritzen in den Dielen auf das darunterstehende Wasser
sehen.

So verging die Zeit. – Anne Lene war, ehe ich mich dessen versehen,
ein erwachsenes Mädchen geworden, während ich noch kaum zu den
jungen Menschen zählte. Ich bemerkte dies eigentlich erst, als sie eines
Tages mit veränderter Frisur ins Zimmer trat. Seitdem sie selbst für
ihre Kleidung sorgte, war diese fast noch einfacher als zuvor; besonders
liebte sie die weiße Farbe, so daß mir diese in der Erinnerung von der
Vorstellung ihrer Persönlichkeit fast unzertrennbar geworden ist. Nur
einen Luxus trieb sie; sie trug immer die feinsten englischen Handschu-
he, und da sie dessenungeachtet sich nicht scheute, überall damit hin-
zufassen, so mußte das getragene Paar bald durch ein neues ersetzt
werden. Meine bürgerlich sparsame Mutter schüttelte vergebens darüber
den Kopf. Aus dem nachgelassenen Schmuckkästchen ihrer Großmutter
nahm sie an ihrem Konfirmationstage ein kleines Kreuz von Diamanten,
das sie seitdem an einem schwarzen Bande um den Hals trug. Sonst
habe ich niemals einen Schmuck an ihr gesehen.

Die Zeit rückte heran, wo ich zum Studium der Arzneiwissenschaft die
Universität besuchen sollte. – In Anne Lenes Gesellschaft machte ich
meinen Abschiedsbesuch bei unsern alten Freunden auf dem Staatshof.
Wir kamen eben von einer Fenne, wo der Pächter, wie es dort gebräuchlich ist, seine Rapssaaternte auf einem großen Segel ausdreschen ließ.
Nach der Sitte des Landes, die bei der schweren Arbeit den Leuten in
jeder Weise gestattet, sich die Brust zu lüften, waren wir mit einem
ganzen Schauer von Schimpf- und Neckworten überschüttet worden;
weder meine rote Schülermütze noch meine damals allerdings »ins

598

Kraut geschossene« Figur war verschont geblieben. Auch Anne Lene hatte ihr Teil bekommen; aber man wußte kaum, waren es Spottreden oder unbewußte Huldigungen; denn alles bezog sich am Ende doch nur auf den Gegensatz ihres zarten Wesens zu der derben und etwas schwerfälligen Art des Landes. Und in der Tat, wenn man sie betrachtete, wie der Sommerwind ihr die kleinen goldklaren Locken von den Schläfen hob und wie ihre Füße so leicht über das Gras dahinschritten, so konnte man kaum glauben, daß sie hier zu Haus gehöre. Das kleine Kreuz, welches an dem schwarzen Bändchen an ihrem Halse funkelte, mochte bei den Arbeitern diesen Eindruck noch vermehren helfen.

Als wir auf die Werfte kamen, fanden wir die alte Wieb in Zank mit einer Bettlerin vor der Haustür stehen, die sie vergeblich abzuweisen suchte. Die leidenschaftlichen Gebärden dieses noch ziemlich jungen Weibes waren mir wohlbekannt; sie ging auch in der Stadt alle Sonnabend von Tür zu Tür und zehrte dabei seit Jahren an dem Gedanken, daß sie von dem alten Ratmann van der Roden, dem in seiner Amtsführung die obervormundschaftlichen Angelegenheiten übertragen waren, um ihr mütterliches Erbteil betrogen sei. Sie war infolge derartiger Äußerungen schon mehrfach zur Strafe gezogen; und jetzt schien sie, nach dem beiderseitigen Betragen zu urteilen, fest entschlossen, auch der alten Dienerin der van der Rodenschen Familie diese verhaßte Geschichte vorzutragen.

Die Streitenden rührten sich bei unsrer Ankunft in ihrem Eifer nicht von der Stelle, und da wir nach dem Flur zwischen beiden hindurchmußten, so nahm Anne Lene ihr Kleid zusammen, um nicht an das der Bettlerin zu streifen.

Aber diese vertrat ihr den Weg. »Ei, schöne Mamsell«, sagte sie, indem sie einen tiefen Knicks vor ihr machte und mit einer abscheulichen Koketterie ihre durchlöcherten Röcke schwenkte, »haben Sie keine Angst, meine Lumpen sind alle gewaschen! Freilich die seidenen Bändchen sind längst davon, und die Strümpfe, die hat dein Großvater selig mir ausgezogen; aber wenn dir die Schuhe noch gefällig sind?«

Und bei diesen Worten zog sie die Schlumpen von den nackten Füßen und schlug sie aneinander, daß es klatschte. »Greif zu, Goldkind«, rief sie, »greif zu! Es sind Bettelmannsschuhe, du kannst sie bald gebrauchen.«

Anne Lene stand ihr völlig regungslos gegenüber; Wieb aber, deren Augen mit großer Ängstlichkeit an ihrer jungen Herrin hingen, griff in die Tasche und drückte der Bettlerin eine Münze in die Hand. »Geh nun, Trin'«, sagte sie, »du kannst zur Nacht wiederkommen; was hast du nun noch hier zu suchen?«

Allein diese ließ sich nicht abweisen. Sie richtete sich hoch auf, indem sie mit einem Ausdruck überlegenen Hohnes auf die Alte herabsah. »Zu suchen?« rief sie und verzog ihren Mund, daß das blendende Gebiß zwischen den Lippen hervortrat. »Mein Muttergut such ich, womit ihr die Löcher in eurem alten Dache zugestopft habt.«

Wieb machte Miene, Anne Lene ins Haus zu ziehen.

»Bleib Sie nur, Mamsell«, sagte das Weib und ließ die empfangene Münze in die Tasche gleiten, »ich gehe schon; es ist hier doch nichts mehr zu finden. Aber«, fuhr sie fort, mit einer geheimnisvollen Gebärde sich gegen die Alte neigend, »auf deinem Heuboden schlafe ich nicht wieder. Es geht was um in eurem Hause, das pflückt des Nachts den Mörtel aus den Fugen. Wenn nur das alte hoffärtige Weib noch mit daruntersäße, damit ihr alle auf einmal euren Lohn bekämet!«

Auf Anne Lenes Antlitz drückte sich ein Erstaunen aus, als sei sie durch diese Worte wie von etwas völlig Unmöglichem betroffen worden. »Wieb«, rief sie, »was sagt sie? Wen meint sie, Wieb?«

Mich übermannte bei dem Anblick meiner jungen hilflosen Freundin der Zorn; und ehe das Weib zu einer Antwort Zeit gewann, packte ich sie am Arm und zerrte sie den Hof hinunter bis hinaus auf den Weg. Aber noch als ich das Gittertor hinter ihr zugeworfen hatte und wieder auf die Werfte hinaufging, hörte ich sie ihre leidenschaftlichen Verwünschungen ausstoßen. »Geh nach Haus, Junge«, schrie sie mir nach, »dein Vater ist ein ehrlicher Mann; was läufst du mit der Dirne in der Welt umher!«

Drinnen im Gesindezimmer fand ich Anne Lene vor ihrer alten Wärterin auf den Knien liegen, den Kopf in ihren Schoß gedrückt. »Wieb«, sprach sie leise, »sag mir die Wahrheit, Wieb!«

Die Alte schien um Worte verlegen. Sie schalt auf die Bettlerin und redete dies und das von allgemeinen Dingen, indem sie ihre rauhe Hand liebkosend über das Haar ihres Lieblings hingleiten ließ. »Was wird es sein«, sagte sie »dein Großvater und dein Urgroßvater waren große Leute; die Armen sind immer den Reichen heimlich feind!«

Anne Lene, die bis dahin ruhig zugehört hatte, erhob den Kopf und sah sie zweifelnd an. »Es mag doch wohl anders gewesen sein, Wieb«, sagte sie traurig, »du mußt mich nicht belügen!«

Was weiter zwischen den beiden gesprochen worden, weiß ich nicht; denn ich verließ nach diesen Worten das Zimmer, da ich glaubte, die Alte werde das Gemüt des Mädchens leichter zur Ruhe sprechen, wenn sie allein sich gegenüber wären. – Aber nach einigen Tagen war das Diamantkreuz von Anne Lenes Hals verschwunden, und ich habe dieses Zeichen alten Glanzes niemals wieder von ihr tragen sehen.

Ich mochte etwa ein Jahr lang in der Universitätsstadt gewesen sein, als ich durch einen Brief meines Vaters die Nachricht von Anne Lenes Verlobung mit einem jungen Edelmann erhielt. Er teilte mir die Sache mit, ohne ein Wort der Billigung oder Mißbilligung von seiner Seite hinzuzufügen. – Der Bräutigam war mir wohl bekannt; seine Familie stammte aus unserer Stadt, und er selbst hatte sich kurz vor meiner Abreise wegen einer Erbschaftsangelegenheit dort aufgehalten. Da er sich meines Vaters als Geschäftsbeistandes bediente und keine weiteren Bekanntschaften in der Stadt hatte, so war er in unserem Hause ein oft gesehener Gast geworden. – Mir waren die blanken braunen Augen dieses Menschen vom ersten Augenblick an zuwider gewesen; und auch jetzt noch schienen sie mir nichts Gutes zu versprechen. Doch sagte ich mir selbst, daß diese Meinung keine unparteiische sei. Ich war von dem Herrn Kammerjunker als ein junger bürgerlicher Mensch von vornherein mit einer mir sehr empfindlichen Oberflächlichkeit behandelt worden; er hatte in meiner Gegenwart in der Regel getan, als ob ich gar nicht vorhanden sei; was aber das schlimmste war, ich hatte zu bemerken geglaubt, daß er meiner jungen Freundin nicht in gleichem Grade wie mir mißfallen wollte.

Obgleich die seit meiner Knabenzeit in mir keimende Neigung für Anne Lene, da sie keine Erwiderung gefunden, niemals zur Entfaltung gekommen war, so wurde ich doch jetzt durch die Nachricht ihrer Verbindung mit einem mir so verhaßten Manne auf das heftigste erschüttert und, ich darf wohl sagen, beunruhigt. Meine Phantasie ließ nicht nach, mir die kleinsten Züge seines Wesens wieder und wieder vor Augen zu führen; und besonders mußte ich mich eines übrigens geringfügigen Vorfalles erinnern, der mich gegen die Natur dieses Menschen in völligen Widerspruch setzte.

Es war im Spätsommer; unsere Familie saß in der Ligusterlaube beim Nachmittagskaffee, wozu außer dem alten Syndikus auch der Kammerjunker sich eingefunden hatte. Die Herren mochten, ehe ich hinzukam, geschäftliche Sachen erörtert haben; denn das alte Porzellanschreibzeug meines Vaters stand neben dem übrigen Geschirr auf dem Tische. Anne Lene ging in stiller Geschäftigkeit ab und zu; bald um im Hause die Bunzlauer Kanne aufs neue zu füllen, bald um die Wachskerze für die Tonpfeife des Syndikus anzuzünden, die über dem Plaudern immer wieder ausging. Das Gespräch der beiden älteren Herren hatte sich mittlerweile auf städtische Angelegenheiten gewandt, welche für den Fremden wenig Interesse boten. Er hatte die Arme vor sich auf den Tisch gestreckt und schien seinen eigenen Gedanken nachzugehen; nur wenn draußen zwischen den sonnigen Beeten das Kleid des jungen Mädchens sichtbar wurde, hob er die Augenlider und sah nach ihr hinüber. Es war in diesem lässigen Anschauen etwas, das mich in einen ohnmächtigen Zorn versetzte; zumal als ich sah, wie Anne Lene die Augen niederschlug und sich, wie um Schutz zu suchen, an meiner Mutter Seite auf das äußerste Ende der Bank setzte. Der Kammerjunker, ohne sie weiter zu beachten, haschte eine Mücke, die eben an ihm vorüberflog. Ich sah, wie er sie an den Flügeln sorgsam zwischen seinen Fingern hielt; wie er den Kopf herabneigte und die hilflosen Bewegungen des Geschöpfes mit Aufmerksamkeit zu betrachten schien. Nach einer Weile nahm er die neben ihm liegende Schreibfeder, tauchte sie in das Tintenfaß und begann nun nacheinander Kopf und Brustschild seines kleinen Opfers in langsamen Zügen damit zu bestreichen. Bald aber änderte er sein Verfahren; er zog die Feder zurück und führte sie wie zum Stoße wiederholt gegen die Brust der Kreatur, welche mit den feinen Füßen die auf sie eindringende Spitze vergebens abzuwehren strebte. Seine blanken Augen waren ganz in dies Geschäft vertieft. Endlich aber schien er dessen überdrüssig zu werden; er durchstach das Tier und ließ es vor sich auf den Tisch fallen, indem er zugleich eine Frage meines Vaters beantwortete, die seine Aufmerksamkeit erregt haben mochte. – Ich hatte wie gebannt diesem Vorgange zugesehen, und Anne Lene schien es ebenso ergangen; denn ich hörte sie aufatmen, wie jemand, der von einem auf ihm lastenden Druck mit einem Male befreit wird.

Einige Tage darauf vermißten wir Anne Lene bei der Mittagstafel, was sonst niemals zu geschehen pflegte. – Als ich, um sie zu suchen, in den Garten trat, begegnete mir der Kammerjunker, der wie gewöhnlich mit einem halben Kopfnicken an mir vorbeipassierte. Da ich Anne Lene nicht gewahrte, so ging ich in den untern Teil des Gartens, in welchem mein Vater eine kleine Baumschule angelegt hatte. Hier stand sie mit dem Rücken an einen jungen Apfelbaum gelehnt. Sie schien ganz einem innern Erlebnis zugewendet; denn ihre Augen starrten unbeweglich vor sich hin, und ihre kleinen Hände lagen fest geschlossen auf der Brust. Ich fragte sie: »Was ist denn dir begegnet, Anne Lene?« Aber sie sah nicht auf; sie ließ die Arme sinken und sagte: »Nichts, Marx; was sollte mir begegnet sein?« Zufällig aber hatte ich bemerkt, daß die Krone des kleinen Baumes wie von einem Pulsschlage in gleichmäßigen Pausen erschüttert wurde, und es überkam mich eine Ahnung dessen, was hier geschehen sein könne; zugleich ein Reiz, Anne Lene fühlen zu lassen, daß sie mich nicht zu täuschen vermöge. Ich zeigte mit dem Finger in den Baum und sagte: »Sieh nur, wie dir das Herz klopft!«

Diese Vorfälle, welche damals bald von mir vergessen waren, ließen nun nicht ab, mich zu beunruhigen, bis sie endlich von den Leiden und Freuden des Studentenlebens aufs neue in den Hintergrund gedrängt wurden.

Ich habe nicht von mir zu reden.

Etwa zwei Jahre später um Ostern kehrte ich als junger Doctor promotus in die Heimat zurück. Schon vorher hatte man mir geschrieben, daß das fortdauernde Sinken der Landpreise den Verkauf des Staatshofes nötig machen werde und daß Anne Lene aus einer immerhin noch reichen Erbin wahrscheinlich ein armes Mädchen geworden sei. Nun erfuhr ich noch dazu, daß auch ihre Verlobung sich aufzulösen scheine. Die Briefe des Bräutigams waren allmählich seltener geworden und seit einiger Zeit ganz ausgeblieben. Anne Lene hatte das ohne Klage ertragen; aber ihre Gesundheit hatte gelitten, und sie befand sich gegenwärtig schon seit einigen Wochen zu ihrer Erholung draußen auf dem Staatshof, wo man eins der kleineren Zimmer in dem oberen Stockwerk für sie instand gesetzt hatte.

Obwohl ich seit ihrem Brautstande nicht an sie geschrieben, so konnte ich doch nicht unterlassen, noch am Tage meiner Ankunft zu ihr hinauszugehen. – Es war schon spät nachmittags, als ich den Staatshof erreichte. Die alte Wieb fand ich draußen auf dem Wege an einem Heck stehend, von wo ein Fußsteig über die Fennen nach dem Deiche zu führte. Sie hatte mich nicht kommen sehen, da sie den Rücken gegen den Weg kehrte, und als ich unvermerkt ihre harte Hand

erfaßte, vermochte sie mich erst nicht zu erkennen. Bald aber trat ein
Ausdruck der Freude in das alte Gesicht, und sie sagte: »Gott sei Dank,
daß du da bist, Marx! So eine treue Seele tut uns grade not!«

»Wo ist Anne Lene?« fragte ich. Die Alte zeigte mit der Hand ins
Land hinaus und sagte bekümmert: »Da geht sie wieder in der Abend-
luft!«

Etwa auf dem halben Wege nach dem Haffdeiche, der hier nördlich
von dem Hofe die Landschaft gegen das Meer hin abschließt, sah ich
eine weibliche Gestalt über die Fennen gehen. »Setz nur den Kessel ans
Feuer, Wieb«, sagte ich, »ich will sie holen, wir kommen bald zurück.«
– Nach einer Weile hatte ich Anne Lene erreicht. Als ich ihren Namen
rief, stand sie still und wandte den Kopf nach mir zurück. Ich fühlte
plötzlich, wieviel von ihrem Bilde in meiner Erinnerung erloschen sei.
So lieblich hatte ich sie mir nicht gedacht; und doch war sie dieselbe
noch; nur ihre Augen schienen dunkler geworden, und die Linien des
zarten Profils waren ein wenig schärfer gezogen als vor Jahren. Ich
faßte ihre beiden Hände. »Liebe Anne Lene«, sagte ich, »ich bin eben
angekommen; ich wollte dich noch heute sehen!«

»Ich danke dir, Marx«, erwiderte sie, »ich wußte, daß du dieser Tage
kommen würdest.« – Aber ihre Gedanken schienen nicht bei diesem
Willkommen zu sein; denn sie wandte die Augen sogleich wieder von
mir ab und begann auf dem Fußsteige weiterzugehen. »Begleite mich
noch ein wenig«, fuhr sie fort, »wir gehen dann zusammen nach dem
Hof zurück.«

»Aber es wird kalt, Anne Lene!«

»Oh, es ist nicht so kalt«, sagte sie, indem sie das große Schaltuch
fester um die Schultern zog. – So gingen wir denn weiter. Ich suchte
allerlei Gespräch; aber keines wollte gelingen. Es wurde schon abendlich;
ein feuchter Nordwest wehte vom Meer über die Landschaft, und vor
uns auf dem Haffdeich sah man gegen den braunen Abendhimmel
einzelne Fuhrwerke wie Schattenspiel vorbeipassieren. Nach einer
Weile bemerkte ich einen Mann an der Seite des Deiches herabsteigen
und uns auf dem Fußwege entgegengehen. Es war der Postbote, der
zweimal in der Woche für die Hofbesitzer die Briefe aus der Stadt
holte. Ich fühlte, wie Anne Lene ihren Schritt beeilte, da er in unsere
Nähe kam. »Hast du etwas für mich, Carsten?« fragte sie und suchte
dabei in ihrer Stimme vergebens eine innere Unruhe zu verbergen.

Der Bote blätterte in seiner Ledertasche zwischen den Briefen umher. »Für dieses Mal nicht, liebe Mamsell!« sagte er endlich mit einer verlegenen Freundlichkeit, indem er die aufgehobene Klappe wieder über seine Tasche fallen ließ. Er mochte ihr diese Antwort schon oft gegeben haben. Anne Lene schwieg einen Augenblick. »Es ist gut, Carsten«, sagte sie dann, »du kannst erst mit uns gehen und Abendbrot essen.« – Sie schien das Ziel ihrer Wanderung erreicht zu haben; denn sie kehrte bei diesen Worten um, und wir gingen mit dem Boten nach dem Hofe zurück. Die Dämmerung war schon stark hereingebrochen. Von dem Ackerstück, an welchem wir vorüberkamen, vernahm man die kurzen Laute der Brachvögel, die unsichtbar in den Furchen lagen; mitunter flog ein Kiebitz schreiend vor uns auf, und auf den Weiden stand das Vieh in dunkeln unkenntlichen Massen beisammen. – Wir hatten auf dem Rückwege, als geschehe es im Einverständnis, kein Wort miteinander gewechselt; als wir schon fast im Dunkeln auf der Werfte angelangt waren, ergriff Anne Lene meine Hand. »Gute Nacht, Marx«, sagte sie, »verzeihe mir; ich bin müde, ich muß schlafen; nicht wahr, du kommst recht bald einmal wieder zu uns heraus!« Mit diesen Worten trat sie in die Haustür, und bald hörte ich, wie sie die Treppe nach ihrem Zimmer hinaufging.

Ich begab mich zu den alten Hofleuten, die in Gesellschaft des Boten am warmen Ofen bei ihrem Abendtee saßen. Wieb entfernte sich einen Augenblick, um Anne Lene ein Licht hinaufzubringen; dann nötigte sie mich, an ihrer Mahlzeit teilzunehmen, und ich mußte erzählen und mir erzählen lassen. Darüber war es spät geworden, so daß ich nicht mehr zur Stadt zurückgehen mochte. Ich bat meine alte Freundin, mir eine Streu in ihrer Stube aufzuschütten, und schlenderte, während dies geschah, in den Garten hinaus. Da ich in das Boskett an der nördlichen Seite kam, bemerkte ich, daß Anne Lene noch Licht in ihrem Zimmer habe. Ich lehnte mich an einen Baum und blickte hinauf. Es schien alles still darinnen. Plötzlich aber entstand hinter den Fenstern eine starke Helligkeit, die eine Zeitlang in die kahlen Büsche des Gartens hinausleuchtete und dann allmählich verschwand. Mich überkam, während ich so im Dunkeln stand, eine unbestimmte Besorgnis, und ohne mich lange zu bedenken, ging ich durch die Hintertür ins Haus und die Treppe nach Anne Lenes Zimmer hinauf.

Die Türe war nur angelehnt. Anne Lene saß an einem Tischchen mit den Füßen gegen den Ofen, in welchem ein helles Feuer brannte.

Unter der Schnur eines Päckchens, das auf ihrem Schoße lag, zog sie einen Brief hervor; sie entfaltete ihn und schien aufmerksam darin zu lesen. Nach einer Weile bewegte sie die Hand ein wenig, so daß das Papier von der Flamme des neben ihr auf dem Tische stehenden Lichtes ergriffen wurde. Ihr Gesicht trug dabei einen solchen Ausdruck von Trostlosigkeit, daß ich unwillkürlich ausrief: »Anne Lene, was treibst du da?«

Sie blieb ruhig sitzen, ohne sich nach mir umzuwenden, und ließ den Brief in ihrer Hand verbrennen.

»Sie sind kalt«, sagte sie, »sie sollen heiß werden!«

Ich war mittlerweile ins Zimmer getreten und hatte mich neben ihren Stuhl gestellt. Plötzlich, wie von einem raschen Entschluß getrieben, stand sie auf und legte beide Hände fest um meinen Hals; sie wollte zu mir sprechen, aber ihre Tränen brachen unaufhaltsam hervor, und so drückte sie den Kopf gegen meine Brust und weinte eine lange Zeit, in welcher ich nichts tun konnte, als sie still in meinen Armen halten. »Nein, Marx«, sagte sie endlich und mühte sich, ihrer Stimme einen festeren Klang zu geben, »ich verspreche es dir, ich will nicht länger auf ihn warten.«

»Hast du ihn denn so sehr geliebt, Anne Lene?«

Sie richtete sich auf und sah mich an, als müsse sie erst nachsinnen über diese Frage. Dann sagte sie langsam: »Ich weiß es nicht – das ist auch einerlei.«

Ich blieb noch eine Weile bei ihr, und allmählich wurde sie ruhiger. Sie versprach mir, Mut zu fassen, mir und unserer Mutter zuliebe; sie wollte arbeiten, sie wollte in der kleinen Wirtschaft der alten Wieb die Anfänge des Landhaushaltes lernen, damit sie einmal als Wirtschafterin ihr Brot verdienen könne. Sie sah dabei fast mitleidig auf ihre kleinen Hände, deren Schönheit sie der Not des Lebens opfern wollte. Nur zur Rückkehr nach der Stadt vermochte ich sie nicht zu bewegen. »Nein, nicht unter Menschen!« sagte sie und sah mich bittend an, »laß mich hier, Marx, solange es mir noch gestattet ist; aber komm oft einmal heraus zu uns!«

So verließ ich sie an diesem Abend; aber ich ging von nun an häufig den Weg über die Fennen nach dem Staatshof. Anne Lene schien ihr Versprechen halten zu wollen; ich fand sie mehrere Male beim Sahnen in der Milchkammer oder am Butterfasse, wo sie abwechselnd mit der alten Wieb den Stempel führte; ja, sie ließ es sich nicht nehmen, die

608

Butter zum Kneten in die Mulde zu tun, ganz wie sie es von ihrer alten Wärterin gesehen hatte; sie schien es auch nicht zu merken, daß diese hinterher ganz im geheim die letzte Hand an ihre Arbeit legte. Allein man fühlte leicht, daß die Teilnahme an diesen Dingen nur eine äußerliche war; eine Anstrengung, von der sie bald in der Einsamkeit ausruhen mußte.

Es war schon in der heißen Sommerzeit, als einige junge Leute aus unserer Stadt mit ihren Schwestern und Bekannten eine Landpartie nach dem Staatshofe hinaus zu machen wünschten. Man bat mich um meine Vermittlung bei Anne Lene; und mit einiger Mühe erhielt ich ihre Einwilligung. So waren denn eines Sonntagnachmittags die verwilderten Gänge des Gartens wieder einmal von geputzten Leuten belebt, und man sah zwischen den Büschen die weißen Kleider und die bunten Schärpen der Mädchen. Die alte Wieb mußte den großen Kaffeekessel hervorsuchen; dann wurden die mitgebrachten Körbe ausgepackt und alles vor der Haustür dem Garten gegenüber serviert. Als der Kaffee vorüber war, stiegen die besten Kletterer unter uns in den Gipfel der beiden alten Linden, die zu den Seiten des Hoftores standen, indem jeder das Ende eines ungeheueren Taues mit sich hinaufnahm. Bald war zwischen den höchsten Ästen eine Schaukel festgeknüpft, und die Mädchen wurden eingeladen, sich hineinzusetzen. »Komm, Anne Lene«, rief ein junger, robust aussehender Mensch, indem er fast mitleidig auf ihre feine Gestalt herabsah, »setz dich hinein; ich will dir einmal eine ordentliche Motion machen!«

Anne Lene bedankte sich, aber ein munteres schwarzäugiges Mädchen ließ sich williger finden; und bald schwenkte Klaus Peters die Schaukel, bis die kleine Juliane wie ein Vogel zwischen den Zweigen saß und endlich flehentlich um Gnade schrie. – Klaus Peters war der Sohn eines reichen Brauers, und es hieß, sein Vater werde ihm den Staatshof kaufen, sobald er zum Aufstrich komme, und ihm eine glänzende Wirtschaft einrichten. Auch schien er in seinen Gedanken sich schon als den künftigen Besitzer zu betrachten; denn als wir später in Begleitung des Hofmanns zwischen den Baulichkeiten umhergingen, fand er überall etwas zu tadeln und sprach von Verbesserungen, die hier vorgenommen werden müßten, während der alte Marten mit einem mißvergnügten Brummen nebenherging.

Es war allmählich spät geworden. Als wir von unserer Umschau zurückkehrten, fanden wir die Mädchen vor der Haustür versammelt und Anne Lene unter ihnen.

Zwei derselben hatten ihre Hände gefaßt, als könnte sie nur mit zärtlicher Gewalt hier zurückgehalten werden. »Ja, wenn wir Musik hätten!« sagte die eine. – »Musik!« rief Peters, indem er an den dicken Goldberlocks seine Uhr aus der Tasche zog. »Ihr sollt bald Musik haben; in einer halben Stunde bin ich wieder da!«

Er war zu Pferde herausgekommen und rief nun ins Haus nach dem Hofmann. »Bring mir den Braunen, Marten; aber brauch deine Beine!« Der Alte knurrte etwas vor sich hin, aber er tat doch, wie ihm geheißen, und bald ritt Peters im Galopp zum Tore hinaus. Wir andern gingen ins Haus und besichtigten oben den Tanzsaal. Es kam uns eine dumpfe Luft entgegen, als wir die Tür des alten Prunkgemaches geöffnet hatten.

Die goldgeblümten Tapeten waren von der Feuchtigkeit gelöst und hingen teilweise zerrissen an den Wänden; überall stachen noch die Stellen hervor, wo vorzeiten die Familienporträts gehangen hatten. Wir gingen wieder hinab und trugen einen Tisch und einige Gartenbänke in das leere Zimmer; dann öffneten wir die Fenster, durch welche es von den draußen stehenden Bäumen schon hereinzudunkeln begann, und die Mädchen umfaßten sich und tanzten miteinander. – »Wartet!« rief ich, »wir wollen einen Kronleuchter machen!« Denn oben an der Zimmerdecke gewahrte ich noch die Krampe, an der einst die Kristallkrone über der Festtafel des Hauses gehangen hatte. Bald waren zwei Holzleisten aufgefunden und kreuzweis übereinandergenagelt.

Anne Lene ging mit den Mädchen in den Garten hinab; und aus dem Fenster sah ich, wie sie die Blumen von den Jasminbüschen und von den rotblühenden Himbeersträuchen brachen. »Pflückt nur«, sagte Anne Lene, als eins der Mädchen fragend zu ihr umschaute, »es blüht hier doch für sich allein.« Aber sie selber stand nur dabei; sie pflückte nichts. Nach einer Weile kamen alle wieder herauf und machten sich daran, meinen Kronleuchter eins ums andere mit weißen und roten Blüten zu bewinden; dann, nachdem an jedem Ende eine Kerze befestigt und angezündet war, wurde das Kunstwerk aufgehangen. Die wenigen Lichter konnten den weiten Raum nicht erhellen; aber draußen war schon der Mond aufgegangen und schien durch die Fenster, und es war anmutig, wie die Blumenleuchte mitten in dem öden Zimmer schwebte und wie der Duft erregt wurde, wenn die Mädchen unten durchtanzten, plötzlich hörten wir ein Pferd auftraben und einen lauten Peitschenknall.

»Da kommt die Musik!« hieß es; und alle drängten an die Fenster. – Draußen unter den Bäumen hielt Peters; eine kleine dürre Gestalt klebte hinter ihm auf dem Pferde, Geige und Bogen in der Hand.

Bei näherem Hinschauen erkannte ich wohl, daß es der alte Drees-Schneider war, ein vielgewandtes Männchen, das bald mit der Nadel, bald mit dem Fiedelbogen für seinen Unterhalt sorgte und den die harte Zeit gelehrt hatte, sich manchen derben Spaß gefallen zu lassen. – »Nun, Drees, spiel eins auf!« rief Peters. »Mach dein Kompliment vor den Damen!« Aber sowie der Alte die Hand vom Sattel ließ und seine Geige unters Kinn stützte, rührte Peters das Pferd mit den Sporen, daß es ausschlug; und der Alte schwankte und griff wieder hastig nach dem Sattel. Anne Lene stand vor mir; ich sah in der schwachen Beleuchtung, wie die Röte ihr in die Schläfen hinaufstieg.

»Drees«, rief sie, »komm herab, Dress!« – Der Alte machte Anstalt hinabzuklimmen, aber der Reiter lachte und gab seinem Pferde die Sporen. »Marten«, sagte Anne Lene zu dem Hofmann, der mit seiner alten Frau vor der Tür stand, »halte das Pferd, Marten!« – »Oho, Anne Lene!« rief Peters; allein er machte doch keinen Versuch, seine Späße fortzusetzen, und ließ es geschehen, daß Marten dem alten Drees herunterhalf.

Gleich darauf waren alle oben im Saal, und nachdem Peters dem alten Musikanten seine Angst durch einige Gläser Wein vergütet hatte, setzte dieser sich auf ein kleines Faß und begann seine Stücke aufzustreichen. Die Paare traten an, und bald wurde unsere Blumenleuchte vom Wirbel der Tanzenden hin und her bewegt. Ich suchte Anne Lene, aber sie mußte unbemerkt hinausgegangen sein, und da für mich keine Tänzerin übriggeblieben war, so verließ ich ebenfalls den Saal, in der Meinung, sie unten bei den alten Hofleuten anzutreffen.

Als ich in das Gesindezimmer trat, sah ich indessen nur die alte Wieb, welche eifrig an ihrem Strickstrumpf arbeitete. Sie zog eine Nadel aus dem Brustlatz und störte damit in der Lampe, die den ziemlich großen Raum nur spärlich erhellte.

Dann sah sie zu mir auf und sagte: »Ihr seid ja gewaltig lustig, Marx! Klaus Peters spielt wohl schon den Herrn im Staatshof?«

»Er wird es bald genug sein«, antwortete ich, »das ist nicht mehr zu ändern!«

Die Alte schwieg eine Weile, und ihre Gedanken schienen sich von dem alten Besitztum der Familie zu dem letzten Nachkommen derselben hinzuwenden. »Marx«, sagte sie, indem sie den Strickstrumpf auf den Tisch legte, »warum bist du auch so lange fortbewegen?«

»Was hätte ich denn ändern können, Wieb?«

»Und die zwei langen Jahre! – Wenn nur der Unglücksmensch nicht gekommen wäre!« fuhr sie fort, wie zu sich selber redend. »Sie war dazumal noch die reiche Erbtochter; heißt das, sie war so in der Leute Mäuler; aber schon als die alte Frau in die Ewigkeit ging, ist nichts übrig gewesen als die schweren Hypotheken. Gott besser's! Nun soll gar der Hof verkauft werden. – Nicht meinetwegen, Marx, nicht meinetwegen; Marten und ich helfen uns schon durch, die übrigen paar Jahre.«

»Es ist wohl so am besten, Wieb«, sagte ich; »vielleicht bleibt noch ein Restchen übrig für Anne Lene, so daß sie nicht ganz verarmt ist.«

Die alte Frau wischte sich mit der Schürze über die Augen. »Es ist grausam«, sagte sie kopfschüttelnd, »so eine Familie!«

Von oben schallte das Scharren der Tanzenden; im anstoßenden Stalle hörte ich, wie täglich um diese Zeit, den Hofmann den Karren und die übrigen Geräte für die Nacht an ihren Platz bringen.

Als ich aufsah, stand Anne Lene in der Tür. Sie war blaß, aber sie nickte freundlich nach uns hin und sagte: »Willst du nicht tanzen, Marx? Ich bin oben gewesen; die kleine Juliane sucht dich mit ihren braunen Augen schon in allen Ecken!«

»Du scherzest, Anne Lene; was geht mich Juliane an?«

»Nein, nein, Marx! Nimm dich in acht; Klaus Peters tanzt schon den zweiten Tanz mit ihr.«

»Aber Anne Lene!« – Ich trat zu ihr. »Willst du mit mir tanzen?«

»Weshalb denn nicht?«

»Aber eine Menuett, Anne Lene!«

»Eine Menuett, Marx! – Und«, fügte sie lächelnd hinzu, »nicht wahr, Freund Simon darf dabeisein?«

Als wir gehen wollten, faßte die Alte Anne Lenes Hand. »Kind«, sagte sie besorgt, »der Doktor hat's dir ja verboten!«

Aber Anne Lene erwiderte: »Oh, gute Wieb, es schadet nicht; ich weiß das besser als der Doktor!« Und mein Verlangen, mit ihr zu tanzen, war so groß, daß ich mir diese Versicherung gefallen ließ.

Als wir oben in den Saal getreten waren, ging ich in die Ecke zu dem kleinen Drees und bestellte eine Menuett. Er blätterte in seinen Büchern umher; aber er hatte den alten Tanz nicht mehr darin; wir mußten uns mit einem Walzer begnügen. Klaus Peters trat an den Tisch, schenkte ihm das Glas voll und stieß mit ihm an. »Aufgespielt, Drees!« rief er, »aber kratze nicht so, es kommen feine Leute an den Tanz.«

Der Alte setzte sein Glas an den Mund. »Nun, Herr Peters«, sagte er, indem er den jungen Menschen mit seinen kleinen scharfen Augen ansah, »auf daß es uns wohl gehe auf unsern alten Tagen!«

»Weshalb sollte es uns nicht wohl gehen, Drees?« erwiderte Peters, indem er der kleinen Juliane die Hand bot und sich mit ihr an die Spitze der Tanzkolonne stellte.

Ich trat mit Anne Lene in die Reihe. Der Alte begann seine Geige zu streichen und nickte uns freundlich zu, als wir im Tanz an ihm vorüberkamen. – Ich glaube noch jetzt, daß er damals vortrefflich spielte; denn er war nicht ungeschickt in seiner Kunst, und eingedenk mancher kleinen Freundlichkeit, die er von uns empfangen, mochte er nun sein Bestes versuchen.

Wir hatten lange nicht zusammen getanzt, Anne Lene und ich. Aber es war nicht vergessen; ich fühlte bald, sie tanzte noch wie sonst. Es ging so leicht zwischen den übrigen Paaren hin; ihre Augen glänzten; sie lächelte, und ihr Mund war geöffnet, so daß die weißen Zähne hinter den feinen roten Lippen sichtbar wurden; ich glaubte es zu fühlen, wie die Lebenswärme durch ihre jungen Glieder strömte. Bald sah ich nichts mehr von allem, was sich um uns her bewegte; ich war allein mit ihr; diese festen klingenden Geigenstreiche hatten uns von der Welt geschieden; sie lag verschollen, unerreichbar weit dahinter.

Dann pausierten wir. An dem offenen Fenster, wo wir standen, floß das Mondlicht mit dem dürftigen Kerzenschein zu einer unbestimmten Dämmerung zusammen. Anne Lene stand atmend neben mir, sie schien mir ungewöhnlich blaß. »Wollen wir aufhalten?« fragte ich sie.

»Weshalb, Marx? Es tanzt sich heut so schön!«

»Aber du verträgst es nicht!«

»O doch! – Was liegt daran!«

Wir tanzten schon wieder, als sie die letzten Worte sprach. Wir tanzten noch lange. Als aber Anne Lene mit der Hand nach dem Herzen griff und zitternd mit dem Atem rang, da bat ich sie, mit mir in den Garten hinabzugehen. Sie nickte freundlich, und wir gingen aus dem

Saal nach ihrem Zimmer, um ein Umschlagetuch für sie zu holen. – Ich fühlte wohl damals schon, daß die Sorge um Anne Lenes Gesundheit mich nicht allein zu jener Bitte veranlaßt hatte; denn als wir die Treppe zu dem dunkeln Flur hinabstiegen, war mir, als wenn ich mit einem glücklich geraubten Schatz ins Freie flüchtete.

Mir ist aus jenen Stunden noch jeder kleine Umstand gegenwärtig; ich glaube noch durch die Fensterscheiben der altmodischen Haustüre das Mondlicht zu sehen, das draußen wie Schnee auf den Steinfliesen vor dem Hause lag; im Heraustreten hörten wir drinnen in der Gesindestube die alte Wieb den Schrank verschließen, in welchem sie das Brautlinnen ihres Lieblingskindes aufgespeichert hatte. – Es war eine laue Nacht; über unsern Köpfen surrten die Nachtschmetterlinge, die den erleuchteten Fenstern des oberen Stockwerks zuflogen; die Luft war ganz von jenem süßen Duft durchwürzt, den in der warmen Sommerzeit die wolligen Blütenkapseln der roten Himbeere auszuströmen pflegen. Anne Lene knüpfte ihr Schnupftuch um den Kopf; dann gingen wir, wie wir es oft getan, um die Ecke des Hauses und über die Werfte nach dem Baumgarten zu. Wir sprachen nicht; ich wollte Anne Lene bitten, ihre Augen wieder nach der Welt zurückzuwenden und nicht mehr in den Schatten der Vergangenheit zu leben; aber das beunruhigende Bewußtsein einer eigennützigeren Bitte, die ich für günstigere Zeiten im Grunde meines Herzens zurückbehielt, raubte mir den Atem und ließ kein Wort über meine Lippen kommen. Das Herz klopfte mir so laut, daß ich immer fürchtete, es werde auch ohne Worte meine innersten Gedanken kundmachen. Wir gingen durch die kleine Pforte in den Baumgarten hinein, zwischen die schimmernden Stämme der ungeheueren Silberpappeln, deren Laubkronen keinen Lichtstrahl durchließen. Die dürren Zweige, welche überall den Boden bedeckten, knickten unter unsern Füßen; und über uns, von dem Geräusch aufgestört, flogen die Raben von ihren Nestern und rauschten mit den Flügeln in den Blättern. Anne Lene ging schweigend und in sich verschlossen neben mir; ihre Gedanken mochten dort sein, von wo ich sie so sehnlich zurückzurufen wünschte. – So waren wir bis zur Graft hinabgekommen, welche auch hier die Grenze des eigentlichen Hofes bildete.

Zwischen den Bäumen, welche jenseit des Wassers standen, sah man wie durch einen dunkeln Rahmen in die weite mondhelle Landschaft hinaus, in welcher hie und da die einzelnen Gehöfte wie Nebelflecken aus der Ebene ragten. Es war so still, daß man nichts hörte als das

Säuseln des Schilfs, das in den Gräben stand. »Sieh, Anne Lene«, sagte ich, »die Erde schläft; – wie schön sie ist!«

»Ja, Marx«, erwiderte sie leise, »und du bist noch so jung!«

»Bist du denn das nicht mehr?«

Sie schüttelte langsam den Kopf. »Komm«, sagte sie, »es ist hier feucht.« – Und wir gingen weiter durch eine verfallene Umzäunung in den seitwärts vom Hause liegenden Gemüsegarten und unten an dem Wasser entlang nach den Boskettpartien, die vor dem Hause lagen. Hier waren wir auf unserem alten Spielplatz; es waren noch dieselben Büsche, zwischen denen wir einst als Kinder in die Irre gegangen waren; nur hingen ihre Zweige noch tiefer in den Weg als damals. Wir gingen auf dem breiten Steige neben der Graft, die sich im Schatten der Bäume breit und schwarz an unserer Seite hinzog. Man hörte das leise Rupfen des Viehes, welches jenseits auf der Fenne im Mondschein grasete, und drüben von der Rohrpflanzung her scholl das Zwitschern des Rohrsperlings, des kleinen wachen Nachtgesellen. Bald aber horchte ich nur dem Geräusch der kleinen Füße, die in einiger Entfernung so leicht vor mir dahinschritten.

In diese heimlichen Laute der Nacht drang plötzlich von der Gegend des Deiches her der gellende Ruf eines Seevogels, der hoch durch die Luft dahinfuhr. Da mein Ohr einmal geweckt war, so vernahm ich nun auch aus der Ferne das Branden der Wellen, die in der hellen Nacht sich draußen über der wüsten geheimnisvollen Tiefe wälzten und von der kommenden Flut dem Strande zugeworfen wurden. Ein Gefühl der Öde und Verlorenheit überfiel mich; fast ohne es zu wissen, stieß ich Anne Lenes Namen hervor und streckte beide Arme nach ihr aus.

»Marx, was ist dir?« rief sie und wandte sich nach mir um. »Hier bin ich ja!«

»Nichts, Anne Lene«, sagte ich, »aber gib mir deine Hand; ich hatte das Meer vergessen, da hörte ich es plötzlich!«

Wir standen auf einem freien Platze vor dem alten Gartenpavillon, dessen Türen offen in den zerbrochenen Angeln hingen. Der Mond schien auf Anne Lenes kleine Hand, die ruhig in der meinen lag. Ich hatte nie das Mondlicht auf einer Mädchenhand gesehen, und mich überschlich jener Schauer, der aus dem Verlangen nach Erdenlust und dem schmerzlichen Gefühl ihrer Vergänglichkeit so wunderbar gemischt ist. Unwillkürlich schloß ich die Hand des Mädchens heftig in die meine; doch mit der Scheu, die der Jugend eigen, sah ich in demselben

Augenblick zu Boden. Als aber Anne Lene ihre Hand schweigend in der meinen ließ, wagte ich es endlich, zu ihr emporzusehen. Sie hatte ihr Gesicht zu mir gewandt und sah mich traurig an; mitleidig, ich weiß noch jetzt nicht, ob mit mir oder mit sich selbst. Dann entzog sie sich mir sanft und trat auf die Schwelle des Pavillons.

Ich sah durch die Lücken des Fußbodens das vom Mond beleuchtete Wasser glitzern und faßte Anne Lenes Kleid, um sie zurückzuhalten. »Sorge nicht, Marx!« sagte sie, indem sie hineintrat und ihre leichte Gestalt auf den losen Brettern wiegte. »Holz und Stein bricht nicht mit mir zusammen.« Sie ging an das gegenüberliegende Fenster und sah eine Weile in die helle Nacht hinaus, dann hob sie mit der Hand ein Stück der alten Tapete empor, das neben ihr an der Wand herabhing, und betrachtete im Mondlicht die halb erloschenen Bilder. »Es hat ausgedient«, sagte sie, »die schönen Schäferpaare wollen sich auch empfehlen. Es mag ihnen doch allmählich aufgefallen sein, daß die sauberen, weiß toupierten Herren und Damen so eines nach dem andern ausgeblieben sind, mit denen sie einst zur Sommerzeit so muntere Gesellschaft hielten. – Einmal« – und sie ließ die Stimme sinken, als rede sie im Traume, »einmal bin ich auch noch mit dabeigewesen; aber ich war noch ein kleines Kind, Wieb hat es mir oft nachher erzählt. – Nun fällt alles zusammen! Ich kann es nicht halten, Marx; sie haben mich ja ganz allein gelassen.«

Mir war, als dürfe sie so nicht weiterreden. »Laß uns ins Haus gehen«, sagte ich, »die andern werden bald zur Stadt zurück wollen.«

Sie hörte nicht auf mich; sie ließ die Arme an ihrem Kleide herabsinken und sagte langsam: »Er hat so unrecht nicht gehabt; – wer holt sich die Tochter aus einem solchen Hause!«

Ich fühlte, wie mir die Tränen in die Augen schossen. »O Anne Lene«, rief ich und trat auf die Stufen, die zu dem Pavillon hinanführten, »ich – hole sie! Gib mir die Hand, ich weiß den Weg zur Welt zurück!«

Aber Anne Lene beugte den Leib vor und machte mit den Armen eine hastige abwehrende Bewegung nach mir hin. »Nein«, rief sie, und es war eine Todesangst in ihrer Stimme, »du nicht, Marx, bleib! Es trägt uns beide nicht.«

Noch auf einen Augenblick sah ich die zarten Umrisse ihres lieben Antlitzes von einem Strahl des milden Lichts beleuchtet; dann aber geschah etwas und ging so schnell vorüber, daß mein Gedächtnis es nicht zu bewahren vermocht hat. Ein Brett des Fußbodens schlug in die Höhe; ich sah den Schein des weißen Gewandes, dann hörte ich es unter mir im Wasser rauschen. Ich riß die Augen auf; der Mond schien durch den leeren Raum. Ich wollte Anne Lene sehen, aber ich sah sie nicht. Mir war, als renne in meinem Kopfe etwas davon, das ich um jeden Preis wieder einholen müßte, wenn ich nicht wahnsinnig werden wollte. Aber während meine Gedanken diesem Unding nachjagten, hörte ich plötzlich vom Hause her die Tanzmusik. Das brachte mich zur Besinnung; ich stieß einen gellenden Schrei aus und sprang neben dem Pavillon hinab ins Wasser. Die Graft war tief; aber ich war kein ungeübter Schwimmer; ich tauchte unter, und meine Hände griffen zwischen dem schlüpfrigen Kraut umher, das auf dem Grunde wucherte. Ich öffnete die Augen und versuchte zu sehen; aber ich fühlte nur wie über mir ein trübes Leuchten. Meine Kleider, deren ich keins abgeworfen, zwangen mich, auf die Oberfläche zurückzukehren. Hier suchte ich wieder Atem zu gewinnen und wiederholte dann noch einmal meinen Versuch. – Es war vergebens. Bald stand ich wieder auf dem abschüssigen Uferrande und blickte ratlos über die Graft entlang. Da fühlte ich eine Hand sich schwer auf meine Schulter legen, und eine Stimme rief: »Marx, Marx, was macht Ihr da? Wo ist das Kind?« Ich erkannte, daß es Wieb war. »Dort, dort!« schrie ich und streckte die Hände nach dem Graben zu. Die Alte faßte mich unter den Arm und zog mich gewaltsam an den Rand der Graft hinunter. Endlich brachte ich es heraus; und wir liefen an dem Wasser entlang, bis an die Laube in der Gartenecke, wo die großen alten Erlen ihre Zweige in die Flut hinabhängen lassen. Wir haben sie dann endlich auch gefunden; die Augen waren zu, und die kleine Hand war fest geschlossen.

Ich gab der alten Wieb einige Anordnungen zu dem, was jetzt geschehen mußte, dann zog ich den Braunen aus dem Stall und jagte nach der Stadt, um einen Arzt zu holen; denn ich traute meiner jungen Kunst in diesem Falle nicht. Wir waren bald zurück; aber die Schatten der Vergänglichkeit, die schon so früh in dieses junge Leben gefallen waren, ließen sie nun nicht mehr los.

Als wir einige Stunden später zur Stadt zurückkehrten, war die Marsch so feierlich und schweigend, und die Rufe der Vögel, die des Nachts am Meere fliegen, klangen aus so unermeßlicher Ferne, daß mein unerfahrenes Herz verzweifelte, jemals die Spur derjenigen wiederzufinden, die sich nun auch in diesen ungeheueren Raum verloren hatte.

Der jetzige Besitzer des Staatshofes ist Klaus Peters. Er hat die alte Hauberg niederreißen lassen und ein modernes Wohnhaus an die Stelle gesetzt. Die Wirtschaftsgebäude liegen getrennt daneben. – Er hat recht gehabt, es geht ihm wohl; er liefert die größten Mastochsen zum Transport nach England, in seinen Zimmern stehen die kostbarsten Möbeln, und er und seine Juliane glänzen von Gesundheit und Wohlbehagen. Ich aber bin niemals wieder dort gewesen.   620

Biographie

1817 *14. September:* Theodor Storm wird in Husum als Sohn des Advokaten Johann Casimir Storm und seiner Frau Lucie, geb. Woldsen, geboren.

1826 Eintritt in die Husumer Gelehrtenschule.

1833 Das erste, an seine Jugendliebe gerichtete Gedicht Storms entsteht: »An Emma«.

1834 Im Husumer Wochenblatt wird mit »Sängers Abendlied« erstmals ein Gedicht von Storm veröffentlicht.

1835 Storm tritt in das Katharineum in Lübeck ein. Lektüre von Heines »Buch der Lieder«, Werken von Goethe und Eichendorff.

1836 Bekanntschaft mit der neunjährigen Bertha von Buchan.

1837 Storm immatrikuliert sich an der Universität Kiel zum Jurastudium. Verlobung mit Emma Kühl. Storm schreibt Gedichte für Bertha.

1838 Auflösung der Verlobung mit Emma. Wechsel an die Universität Berlin. Reise nach Dresden. Veröffentlichung kleinerer Werke in verschiedenen Zeitschriften.

1839 Rückkehr nach Kiel. Beginn der Freundschaft mit Theodor und Tyche Mommsen.

1842 Storms Heiratsantrag an Bertha von Buchan wird zurückgewiesen. Zusammen mit Theodor und Tyche Mommsen sammelt Storm Märchen und Sagen aus Schleswig Holstein. Er legt in Kiel das Staatsexamen ab. *Herbst:* Storm kehrt nach Husum zurück.

1843 In Husum arbeitet Storm als Anwalt in der Kanzlei seines Vaters. Storm gründet einen Gesangsverein. »Liederbuch dreier Freunde« (Gedichte, mit Theodor und Tyche Mommsen).

1844 Verlobung mit der Cousine Constanze Esmarch.

1846 Heirat mit Constanze Esmarch.

1847 Liebesbeziehung zu Dorothea Jensen.
Storm schreibt eine Reihe von Liebesgedichten.

1848 Geburt des Sohnes Hans.

1850 Beginn der Korrespondenz mit Eduard Mörike.

1851 Geburt des Sohnes Ernst.
»Sommer-Geschichten und Lieder« (Novellen und Gedichte), darin u.a. die 1849 entstandene Novelle »Immensee«, die zu Storms Lebzeiten erfolgreichste seiner Novellen, und »Der kleine Häwelmann«.

1852 Aus politischen Gründen kann Storm nicht mehr als Anwalt arbeiten und bemüht sich um verschiedene Anstellungen als Richter und im preußischen Justizdienst.
Reise nach Berlin.
»Gedichte«.

1853 Geburt des Sohnes Karl.
Übersiedlung nach Potsdam, wo Storm preußischer Gerichtsassessor wird.
Bekanntschaft mit den Mitgliedern der literarischen Vereine »Tunnel über der Spree« und »Rütli«, darunter mit Theodor Fontane, Franz Kugler und Adolph Menzel.
Beginn des Briefwechsels mit Paul Heyse (bis 1888).

1854 Bekanntschaft mit Joseph von Eichendorff.
»Im Sonnenschein« (Novellen).

1855 Geburt der Tochter Lisbeth.
Reise nach Süddeutschland, Besuch bei Mörike in Stuttgart.
»Ein grünes Blatt« (Novellen).

1856 Storm zieht nach Heiligenstadt im Eichsfeld um, wo er zum Kreisrichter ernannt wurde.
»Gedichte« (2. vermehrte Auflage).

1857 »Hinzelmeier« (Novelle).

1858 »Gedichte« (3. Auflage).

1860 Geburt der Tochter Lucie.
»In der Sommer-Mondnacht« (Novellen).

1861 »Drei Novellen«.

1863 Geburt der Tochter Elsabe.
»Im Schloß« (Novelle).
»Auf der Universität« (Novelle; 1865 unter dem Titel »Lenore« wiederveröffentlicht).

1864	Storm wird nach dem deutsch-dänischen Krieg zum Landvogt von Husum gewählt und kehrt dorthin zurück. »Gedichte« (4. vermehrte Auflage).
1865	Geburt der Tochter Gertrud. Tod Constanzes. Auf Einladung von Iwan Turgenjew Reise nach Baden Baden. »Zwei Weihnachtsidyllen« (Novellen).
1866	Heirat mit Dorothea Jensen. »Drei Märchen« (1873 wiederveröffentlicht unter dem Titel »Geschichten aus der Tonne«).
1867	»Von Jenseit des Meeres« (Novelle).
1868	Geburt der Tochter Friederike. Storm wird zum Amtsrichter ernannt. »In St. Jürgen« (Novelle). »Novellen«. »Sämtliche Schriften« (19 Bände, 1868–89).
1872	Reise nach Salzburg und München, wo er Paul Heyse trifft.
1873	»Zerstreute Kapitel« (Novellen und Gedichte).
1874	Storm wird zum Oberamtsrichter ernannt. »Novellen und Gedenkblätter«.
1875	»Waldwinkel. Pole Poppenspäler« (Novellen). »Ein stiller Musikant. Psyche. Im Nachbarhause links« (Novellen).
1876	Reise nach Würzburg.
1877	»Aquis submersus« (Novelle). Beginn des Briefwechsels mit Gottfried Keller.
1878	Aufenthalt in Varel. »Carsten Curator« (Novelle). »Neue Novellen«.
1879	Storm wird Amtsgerichtsrat.
1880	Pensionierung Storms. Umsiedlung nach Hademarschen. »Zur ›Wald- und Wasserfreude‹«. »Drei neue Novellen«. »Eckenhof. Im Brauerhause« (Novellen).
1881	»Der Herr Etatsrath. Die Söhne des Senators« (Novellen).
1883	»Hans und Heinz Kirch« (Novelle). »Zwei Novellen«.
1884	»Zur Chronik von Grieshuus« (Novelle).

1885	»John Riew'. Ein Fest auf Haderslevhuus« (Novellen).
	»Gedichte« (Neue, vermehrte Auflage).
1886	Aufenthalt in Weimar.
	Oktober: Schwere Krankheit.
	Dezember: Tod des Sohnes Hans.
1887	Reise nach Sylt.
	»Bei kleinen Leuten« (Novellen).
	»Ein Doppelgänger« (Novelle).
	»Bötjer Basch« (Novelle).
1888	*Januar:* Letzter Aufenthalt in Husum.
	Februar: Fertigstellung des »Schimmelreiters«.
	April/Mai: »Der Schimmelreiter« erscheint in der »Deutschen Rundschau« (Buchausgabe im gleichen Jahr).
	»Ein Bekenntniß« (Novelle).
	»Es waren zwei Königskinder« (Novelle).
	4. Juli: Tod Storms in Hademarschen.